ウエディング・ベル

五十嵐貴久
Igarashi Takahisa

実業之日本社

ウエディング・ベル／CONTENTS

装幀／重原　隆
装画／片岡美智子

ウエディング・ベル
『年下の男の子』PART2

本作品のＰａｒｔ１『年下の男の子』あらすじ

三十七歳、独身。銘和乳業宣伝部広報課課長補佐のわたし（川村晶子）は、勤続十五年を数え、課内のお局と言っても差し支えない状態にあった。マンションも買ってしまい、何かしら先が見えてきたおり、十四歳年下の児島達郎と出会ってしまった。彼との出会いは、ささいなことだった。銘和乳業の新製品ドリンク〝モナ〟宣伝用の印刷物にミスがあり、担当した青葉ピー・アールの児島くんと、徹夜で訂正作業をしたことによる。児島くんはわたしと何度か食事をした後で、告白をしてきた。もちろんわたしは年齢差を考えて断ったのだが、大学時代の友人である紺野友美や三枝敦子からはうらやましがられた。〝モナ〟の売れ行きが好調、新しいマンションへも引っ越し、上司である秋山部長から宣伝部課長への異動も告げられ、心機一転を図ろうとしたわたしだが、児島くんの押しは強く、彼と一線を越えてしまう。だがやはり二人の将来を考え、彼に別れを告げる。三十八歳になったわたしは、離婚が成立した秋山部長から食事に誘われた。上司として、人間的にも尊敬している部長から真剣な交際を切り出されたその時、わたしは本当に大切にすべき人が誰であるかを悟った。その彼――児島くんの実家へ向かったわたしは、勢いあまって彼の両親に、結婚を前提に交際させてほしいと切り出してしまった。

年齢について

1

はっきり言って、わたしはあの時どうかしていたのだと思う。いや、思うではない。はっきりと、どうかしていたのだ。

そうでなければ、一度別れた男の実家を訪ねていき、彼の両親に向かって、息子さんをお婿《むこ》さんにくださいさい、などとわけのわからないことを言うはずがない。

実際、わたしは自分のことを常識があると自負していて、冷静かつ客観的に見ても、間違いはないと思っている。だが、わたしは常識家とは思えない行為をしてしまった。

まずひとつは、女の側であるわたしの方から、彼のことをお婿さんにください、と言ったことだ。いや、もちろん女性の権利が広がりつつある今、女性の側から男性の側に結婚を申し込むというのはそんなに不思議なことではないだろう。もしかしたら、それはある意味で普通のことかもしれない。

だが、それを直接相手の親に言うのはどうか。しかも、わたしは彼の了解さえ得ていなかったのだ。

常識外れなことがもうひとつある。年齢の問題だ。わたしは川村晶子《かわむらしょうこ》、三十八歳のＯＬ。そして彼は児島達郎《こじまたつろう》、二十四歳の契約社員だった。

つまり、わたしと彼の間には十四歳の年齢差があることになる。しかも年上なのはわたしの方なのだ。

年上、年下ということだけについていえば、昔とは違い、女性の方が年上のカップルも実際に増えているという。あるホテルの統計では、そのホテルで結婚式を挙げたカップルたちのうち、三割が女性の方が年上だったという数字も出ている。

また、ある結婚相談所の担当者は、実感として十年前の倍以上、女性の方が年上のカップルが増えてきていると言っているのを何かの記事で読んだこともあった。

ただし、だ。ここで彼らが言っている年上の女性が増えているという現状は、せいぜい二、三歳あるいは離れていたとしても五、六歳を指している。わたしと児島くんのように、十四歳も差がついたカップルというのは相当珍しいだろう。

実際、わたしの周りにも、これはわたしたちの年齢の問題もあるのだろうけれど、年下の男性とつきあう女性は増えてきている。二～三歳なら当たり前、五～六歳でもそんなに不思議ではない、それがわたしの実感だ。

ただし、くどいようだけれども、女性の方が十四歳上のカップルについては、わたしの周りで聞いたこともないし、わたしが勤めている銘和《めいわ》乳業という会社の中でもやはり聞いたことがない。

その意味で、わたしは常識家にもかかわらず常識破りなことをしていた。別に悪いことをしているわけでもないし、人の道に外れたことをしているわけでもないのだから堂々としていればいいのだが、なかなかそうもいかない。十四歳の年齢差というのはそういうものだ。

これが逆ならまだ話はわかる。つまり、男性の方が十四歳上、という場合だ。世間は半ば羨《うらや》みながらも、祝福の言葉を贈るはずだ。

だが、実際はわたしと児島くんの場合、女性であるわたしの方が十四歳上なのだ。これでは周囲も複雑な顔をするしかないだろう。

2

児島くんとわたしの関係について、今さら説明をしようとは思わない。ただ、いくつかの偶然が重なり、わたしはこの十四歳年下の彼と出会うことになった。そして、どうしてなのか、それは今でもさっぱりわからないのだが、彼はわたしにいわゆる一目惚《ぼ》れをし、積極的にアプローチしてきた。

児島くんは大学で体育会の山岳部に入っていた。従って、バリバリの体育会系の性格をしている。バリバリの体育会青年が本気になってアプローチを仕掛けてくると、これはもう何だかとんでもない事態になるということをわたしは生まれて初めて知った。

まあ、そんなことはどうでもいい。わたしは普通のOLで、普通の女性で、普通の人生を送ってきた。考えようによっては、退屈きわまりない人生ということになるかもしれない。

だが、それはそれなりに居心地《いごこち》もよく、わたしは満足していた。そこへいきなりわけのわからない若い男の子が現れて、何だかかなり強引な攻撃を仕掛けてきたのだから、わたしとしても防戦する一方で、それ以上何をどうしていいのかわからなかった。

いろいろあって、要するに結果として、わたしは彼とつきあうことになった。ただし、わたしの考えとして、そんなに長く続くはずがない、ということもあった。

何しろ、わたしが中学二年生の時に彼は生まれたのだ。ジェネレーションギャップとかそういう生やさしい言葉では片付けられない何かが二人の間にあったことは事実だし、今でもその何かがまだあるのは確かだ。

つまり、わたしとしては、その何ものかが当然のようにその役割を果たし、彼とわたしの関係を駄目にしてしまうだろうと思っていた。

ただ、わたしだって女だ。十四歳年下の男の子にだって興味がないわけではない。しばらくつきあってみて、駄目になったら駄目になったで仕方がない。そんなふうに思いながら、わたしは彼とつきあい始めたのだ。

わたしが思っていたよりも、なかなか二人の関係は駄目にならなかったのだが、結局はやはり収まるべきところに収まった。つまりは破局だ。それが訪れたのは去年のクリスマス・イブのことだった。

それから数カ月の間、わたしは彼と仕事上での会話しか交わさなくなり、彼もまたわたしのことを諦《あきら》めたように思えた。事実、彼は諦めていたようだ。彼のお父さんが言っていたのだから、たぶん事実なのだろう。つまり、彼はわたしにふられたわけで、失意のあまり、週末は実家に帰って自分の部屋に引きこもるようになってしまっていたらしかった。

その間、わたしの方も転機があった。わたしの直属の上司から、交際をほのめかされたのだ。

その上司について、わたしはずっと憧《あこが》れていたし、人間的にも、仕事をする先輩としても尊敬できるものを持っている人だった。当然のことながら、わたしは上司との交際について積極的になっていった。

この辺り、わたしが打算的な女のように見えるかもしれないが、実際打算的になっていたのも確かだし、恋愛というのはそういうことを含めてのものだとわたしは思っている。そして、それ以上にわたしはその上司に魅《ひ》かれていたのだ。

3

その上司は思っていたより更に尊敬できる人だった。まず、何よりも仕事ができた。そして、それだけではなく統率力があった。これは今どきの課長、部長職に就《つ》いている人間に備わっていない資質のひとつだ。

与えられた仕事をこなせる人間ならいくらでもいる。だが、チームワークの力で困難を打開していける人材はなかなかいない。秋山《あきやま》というその上司は、そういうことを自然にできる人だった。

そして、年齢もわたしと釣り合っていた。わたしの三歳上、四十一歳という彼とわたしは、こう言っては何だが見た目も含めて、なかなかバランスがよく取れていたように思う。

そして何よりも彼はわたしを大事にしてくれた。もちろん、仕事があればそちらを優先させたこともあったりしたけれど、わたしに対する気配りを欠かすことはなかった。わたしは十分に幸せだった。

にもかかわらず、なぜその上司を捨てて、一度自分の方からふった十四歳年下の男の子のもとへ戻ろうとしたのか。やはりどうかしていたとしか思えない。

絶対、わたしとその上司の関係はうまくいっていた。そのまま交際を続けていれば、まず間違いなく結婚していただろう。

彼もわたしも十分に大人で、結婚というものの意味もよくわかっていた。にもかかわらず、わたしは彼を捨てたのだ。

いや、捨てたというと何かが違う。今でもそうだけれど、わたしは彼を上司として尊敬している。仕事のできる立派な先輩として、敬意を持っている。

ただ、そういうことがイコール恋愛関係の問題につながっていくかといえば、意外とそうではないことをわたしは心の奥底でよくわかっていた。結局、恋愛というものは、その要素として尊敬できるとか優しいとかいろんなことがあるわけだけれど、そういう目に見えるポイントだけが重要ではないことを、一応三十八年間女性として生きてきて、わたしは知っていた。

よくわからなくても、辻褄《つじつま》が合わなくても、矛盾していても、魅かれてしまうものには魅かれてしまう。そういうことがあるのも、わたしは実感としてよくわかっていた。

わたしは秋山というその上司に対して、本当に好意を持っていたし、恋愛の相手として好きでもあった。ただ、何か、口では言い表せないけれど、何かが足りなかった。

それに対して児島くんは、何もかもがわたしに言わせれば条件から外れていた。年齢差のこともある。彼の仕事のこともある。

経験が少ないのだから、いろんなことがうまくいかないこともあっただろう。そんな彼を見ていて、さすがに尊敬はできなかった。

ただ、彼には何かがあった。あらゆる無理難題を乗り越えて、なぜかどうしても魅かれてしまう何か。

だからこそ、わたしは上司との交際を断って、児島くんとの関係を復活させるため、彼の実家まで行き、勢いとはいえ、息子さんをお婿さんにください、とまで言ってしまったのだ。人生はわからない。

4

グッドジョブ、と紺野友美《こんのともみ》がミルクティを飲みながら親指をわたしの方に向けて突き出した。友美は昔からの友人で、彼女も独身を貫いている。わたしたちは銀座《ぎんざ》のイタリア料理店で久し振りの食事を満喫してから、その店の近くにあった喫茶店に寄ったところだった。

「グッドジョブかねえ」

わたしは言った。わたしは、わたしと児島くんのことについて、友美に報告を済ませたばかりだった。

「そりゃアンタ、グッドジョブ以外の何物でもないでしょう」友美が目をらんらんと輝かせながら言った。「三十八だよ。結婚できるだけでも、よくやった、とわたしは言いたいよ。しかも相手が二十四歳ときた」

「いや、まだ結婚するかどうかははっきりとしてないし」

「何で？　アンタの方からプロポーズしたわけでしょ？　すごいよね、勇気あるよねえ」

「勇気じゃないって。あれはね、成り行きみたいなもので」

「どっちでもいいわよ。とにかく、プロポーズしたことは事実なわけでしょ？　しかも、相手の親の見ている前で」

　確かに、それはその通りだった。もっと正確に言えば、わたしは児島くんに対してプロポーズをしたのではない。彼の両親に対して、息子さんをください、と言ったのだ。何度でも言うが、やはりあの時わたしはどうかしていたのだと思う。

「やっぱりそれって凄《すご》いことだと思うよ。だいたいさ、こんな時代になっても、プロポーズっていうのは、どうしたって男から女へするものって相場が決まってるわけじゃない？」

　これだけ男女同権となっているにもかかわらず、結婚の申し込みについて言えば、友美の言う通りだった。基本的には男の側から女の側へと求婚するのがこの国の習わしだ。それはよほどのことがない限り変えようがない事実だった。

「それをさ、アンタの方からプロポーズしちゃったんだから、それだけでもたいしたことだと思うわけよ、あたしとしては」

　かもね、と言いながらわたしはアイスコーヒーをストローですすった。

「しかもさ、アンタときたら、別口もあったわけでしょ？　考えようによっては、そっちの方がオイシイってところもあったわけじゃない？」

　彼女が言っているのはわたしの直属の上司である秋山部長のことだった。秋山部長は結婚していたのだが、理由あってその妻と別れたあと、どういうわけかわたしにアプローチをかけてきていた。

「にもかかわらずさ、そっちを捨てて若者を選ぶなんて、なかなかできるもんじゃないよ。だからこそのグッドジョブだって」

友美がもう一度親指を立てた。そうかなあ。本当にそうなのだろうか。

「ねえ、本当にそう思う?」

思うよ、と迷いなく友美が言った。

「晶子、考えてもみてごらんよ。気がつけばあたしたちも、立派なアラフォー世代だよ。ハッキリ言って、あたしはもう結婚とかは諦めてるっていうか、面倒くさくてそんなことしたくないとまで思ってる。だけどさ、ビッグなワンチャンスがあれば、そりゃ考えるって。現実には、白馬に乗った王子様なんていないよ。だけどさ、まあそれに近い存在の人がいないとは言い切れない。あたしはね、晶子、アンタがそのワンチャンスを見事に生かしきったと思うよ」

「本当に本当にそう思う?　あたし、自分でももうわかんなくなっちゃってるのよ」

「自信持ちなって。アンタは正しい選択をしたんだよ」

そうだろうか。本当に、本当にそうなのだろうか。だって、何しろ彼とわたしとでは、十四歳も年齢が違うのだ。

「だからこそよ。そんな夢みたいな話、あると思う?　ぶっちゃけるとさ、奇跡に近いと思うわけよ。そんなことあるわけないじゃん、フツー。それをさ、アンタは自分の意志の力で見事にやってのけたんだから、やっぱ凄いと思うよ、あたしは」

それで、どうなの、と友美がティースプーンでミルクティをかきまぜた。

「向こうの親は認めてくれたわけでしょ?」

「認めた……っていうのかね、とにかく話し合いましょうって。まあ、一応、前向きに検討しましょうって感じかな」

「前向きに検討します、か。政治家の答弁みたいだけど、やっぱりそれって凄いことだと思うよ。普通さ、十四も年上の女がそんなこと言ったたって、相手にしてもらえないって。下手《へた》したらストーカー呼ばわりされて、警察呼ばれてもおかしくないぐらいの話だよ、それ」

「そんなことはないと思うけど……」

「甘いって。現実はそんなもんだってば。それなのに、とりあえず受け入れて、話を聞いてくれるところまで持っていったわけでしょ? 凄いね、マジで尊敬しちゃうよ、あたしとしては」

「いや、だからそれは勢いとかもあって……」

「勢いでも何でもいいじゃない。行く時はガンガン行かないと」それで、と友美が顔をわたしに向けた。「アンタの親はどうなのよ」

わたしの親。それが問題だった。わたしは小さくため息をついた。

5

わたしが児島くんの実家に乗り込み、彼の両親に交際の許可を申し出たのは半月ほど前のことだ。もっといえば、交際の許可どころではない。結婚することを認めてほしいと願い出たのだ。

反対されると思っていたが、どういうわけかその予想は外れた。なぜかはわからないが、児島くんのお父さんは妙にわたしに対して好意的ですらあった。

お母さんの方も混乱しているようだったが、少なくとも反対するようなことはなかった。わたしが彼の母親だったら絶対に反対していたと思うが、とにかくどういうわけか話は穏便に進んだ。結婚を前提としてつきあってもいいのではないか、というのがわたしたちの話し合いの一応の結論となったのだ。

その翌週、わたしは一人で実家へ帰り、両親にその話をした。最初から嫌《いや》な予感はしていたのだが、その予想通りになった。父親が大反対したのだ。

母はそうでもなかったが、とにかく父は猛反対という立場を取った。何もそこまで、と言いたくなるぐらいの反対ぶりだった。

父の反対の根拠は、要するに年齢のことだった。繰り返すようだが、児島くんは二十四歳でわたしは三十八歳と十四歳も違う。そして、これもまた繰り返しになるが、年上なのはわたしの方だ。そんな結婚がうまくいくはずない、というのが父の意見だった。

正直に言うと、わたしも父の言っていることは理解できた。わたしは去年のクリスマス・イブに児島くんと一度別れていたのだけれど、その理由は父が言っていることと大差なかったからだ。

今はいい。二十四歳と三十八歳という関係に無理はあるが、今は何とかお互いにいろんなことを許し合えるし、認め合える。でも、五年経《た》ったら？　十年経ったら？

早い話、わたしが五十歳になった時、彼はまだ三十六歳なのだ。男盛りの彼と、初老といってもいいわたし。そんな関係がうまくいくはずがない、というのはもっともな意見と言えた。

「晶子」父が言った。「父さんもこんなことは言いたくない。お前はもう三十八歳で、立派な社会人だ。もう親に何か言われたりするような年齢でもないだろう。だが、これだけは違う。父さんにも意見を言う権利があるはずだ。こう言っては何だが、お前は判断を誤っていると思う」

「判断を誤っている？」

妙に難しい言い回しを使うのは父の癖《くせ》だった。そうだ、と父がうなずいた。

「人生にはいろいろな選択がある。すべて正しい道を選ぶことのできる者など、いるはずもない。間違ったり、誤ったりして、それを修正していくのが人生というものだ。そういう意味で、お前の選択は間違っているとしか言いようがない」

「間違ってる……かなあ……」

間違ってるとも、と父が妙に自信たっぷりに答えた。

「年齢のことはいい。それはお前だってわかっているはずだからな。父さんもいろいろくどいことは言いたくない。それより、もっと大きな問題があるが、お前にはそれがわかっているのか？」

「大きな問題？」

「経済力だよ。その……児島くんとか言ったな。その彼は、お前の勤めている会社の取引先の、何と言ったかな」

「青葉《あおば》ピー・アール」

「そう、青葉ピー・アール。父さんもよくは知らないが、PR会社というのがあることはわかっている。だが、その手の会社は決して大きいといえない。そうだろう？」

確かにその通りで、児島くんが勤めている青葉ピー・アール社は、全社員合わせても四、五十人という規模の会社だ。ＰＲ会社としては大手といってもいいかもしれないが、客観的に見て大会社とはとてもいえない。

「しかも、児島くんというのは、その会社の正式な社員ですらないというじゃないか」

それも事実だった。児島くんはまだ契約社員という身分なのだ。

「別に父さんは会社の規模で人間性を判断しようとは思っていない。小さな会社にだって、いくらでも立派な人はいるだろう。だがな、晶子。小さな会社の契約社員ということになると、これはやはり考える必要性が出てくる。早い話、お前の方がよほど給料がいいんじゃないのか？」

「まあ、そうね」

児島くんのもらっている給料については、本人からも聞いていた。ぶっちゃけた話、わたしのサラリーの半分以下だった。

「父さんが言っている経済力の問題というのはそういうことだ。晶子、人生にはバランスが必要なのはお前もわかっているだろう。お前が勤めている銘和乳業という会社は、世間にも名前の通っている大会社だ。そういう会社で働いている人間と、小さなＰＲ会社で働いている者とでは、どうしたってバランスが取れない。バランスが取れないということは、後々のことを考えても決していい結果をもたらさない。考えるまでもないことだ」

「それはそうかもしれないけど……」

「とにかく、そういうことを考え合わせてみても、父さんは賛成できない。今はいい。いや、いいのは今だけだろう。あと二、三年もすれば、お前も彼も、自分たちの間違いに気付くはずだ。晶子、父さんはお前に幸せになってもらいたい。確かに、結婚は幸せのひとつだ。だが、バランスの悪い結婚は不幸のもとだろう。そういう見地から、父さんは反対している。わかったな」

だいたい、父は基本的に理屈にうるさい人だ。しかも今回の場合、常識的に言って父の論理が正しいことをわたしも認めざるを得なかった。

とりあえず、その日は母が間に入ってくれたおかげで、言い争いにはならなかったが、これからどれだけ面倒な事があるかと思うと気分がブルーになってしまった。

6

わたしが友美にその話をすると、そりゃ晶子、アンタが悪いわ、という答えが返ってきた。

「悪いって、何が?」

「正攻法すぎるってこと。真正面から中央突破しようったって、そりゃ確かに無理があるよ。お父さんの言ってることは正論だもん。どうしたって理屈じゃかなわないって」

「じゃあ、どうしたらよかったって言うのよ」

「何もかも、正直に話す必要なんてなかったのよ。あたしもアンタと同じ歳《とし》だから、立場は一緒よ。だからわかるんだけど、三十八歳の娘が結婚するって言い出したら、親としては基本的に賛成だって。はっきり言えば、三十八歳の娘をもらってくれる男がいるのかって、大喜びするのがフツーだよ。だから、そっちの方から話を持っていくべきだったんだってば」

「そんなこと言われてもねえ。父はそういう人じゃないのよ。一から百まで全部説明しないと、立場をはっきりさせない、そういう人なんだって」

「その辺のことはよくわかんないけどさ、とにかくアンタの作戦ミス。正直に何もかも話すんじゃなくて、もっといろいろ考えるべきだったと思うね、あたしは」

「いろいろって？」

「例えばだけど、お母さんにまずいろいろ話して、味方につけておくとかさ」

友美の言ってることはわかる。ただ、現実にそれがうまくいくとは思わなかった。母もまた、決してわたしと児島くんの交際について賛成しているわけではないのだ。

「別にお母さんでなくてもいいのよ。とにかく味方になってくれる人を見つけないと話にならないって」

味方になってくれるような人がいれば苦労はしない。わたしは友美以外にも何人かの友人や会社の同僚にこの話をしてきたが、双手《もろて》を挙げて賛成してくれたのは友美だけだったのだ。

「だったらさ、いっそのこと既成事実を作っちゃったら？」

「既成事実？」

だからさ、と友美が言った。

「子供でも作っちゃえばってこと。そうしたらお父さんも反対とかしてる場合じゃなくなると思わない？」

「無茶言わないでよ」

「無茶は承知よ。それぐらいのことしなきゃダメだって言ってるの」

確かにそうなのかもしれないが、わたしはこれでも意外と古風なところがある。結婚する前に赤ちゃんを作るなど、それこそ考えられなかった。

「どうしたもんかねえ。いっそのこと、直接児島くんとお父さんを会わせちゃったらどうなの？」

「ああ、困ったなあ。どうしよう。ねえ、どうしたらいいと思う？」

あるにはあるが、こういう時に使う言葉ではないと思う。

「仕方ないじゃない。非常手段って言葉もあるでしょ」

「嫌よ、できちゃった婚なんて」

「会ってくれないと思うよ」

ガンコな父親がいると大変だね、と友美が言った。

「世の中、うまくいかないよね。うちの父親なんか、あたしがどんな男を連れていったって、喜んで結婚式までの話を進めてくれると思うよ」

友美のお父さんが娘に対して理解があるのはわたしたち友人の誰もが知っていることだった。もっとも、そういう父親だったからこそ、友美は今日まで結婚をしないできたわけなのだけれども。

「味方ねえ」

誰かいないだろうか。わたしと父親の間に立って、わたしの思う通りに事を進めてくれるような人が。

「あ……いなくもない」

「誰？」

弟、とわたしは答えた。

7

弟って、と友美が言った。

「善信《よしのぶ》クン？」

友美と弟は面識があった。もちろん、弟が結婚していることも知っている。

「そう」

わたしはうなずいた。弟と児島くんは一度だけだが、わたしが今住んでいるマンションに引っ越しをした時に顔を合わせていた。どういうわけか人の好き嫌いの激しい弟が児島くんのことを気に入り、その引っ越しの日に一緒に飲みにいったことをわたしは覚えていた。

「善信クンは味方になってくれそうなの？」

「たぶんね」

わたしもはっきりとしたことまでは覚えていなかったが、二人が飲みに行った翌日、弟からメールが来ていたことは記憶の中にあった。児島はいい奴《やつ》だ、と書いてあったような気がする。

ただし、あんまり本気になるなよ、とも書かれていた。何しろ歳が違い過ぎるんだからな、と。

余計なお世話だ。

「なるほどね。じゃあ善信クンは児島くんに対して好印象を持っているってわけだ」

「たぶんね」

わたしは同じ答えを繰り返した。たぶん、としか言いようがない。わたしだって実の弟と、そう頻繁《ひんぱん》にメールのやり取りをしているわけではないのだから、本当のところはわからない。

ただ、あのメールの文面から察するに、児島くんは弟のお眼鏡《めがね》にかなったようだ。もうひとつ言うと、児島くんは年上の人に好かれる性格をしていた。これは別に男とか女とかの問題ではなく、誰に対してもそういうところがあった。

「じゃあさ、善信クンをうまく使いなよ。アンタのお父さんに、善信クンから話してもらうとかさ」

「なるほどね」

それもありだな、と思った。川村家の中でも弟の立場は結構上の方に来る。男同士だからということではないと思うが、父は弟の意見をよく聞いていたし、決して軽んじたりするようなこともなかった。今回の場合も、弟の方から児島くん問題について、口添えしてもらうというのはひとつの手だろう。

「でも、何だか嫌だな」

正直なところ、気分としては決して良くはなかった。自分の男性問題を弟に相談するというのも嫌だったし、助力を乞《こ》うというのもあまり気が進まないことだった。

「だけど、アンタ、そんなこと言ってたら、いつまで経っても話が進まないよ」

友美の言うことももっともで、確かにこのままでは膠着《こうちゃく》状態が続いてしまうことになる。わたしとしてはいろんな意味でなるべく早く事態を丸く収めたかったから、友人の忠告にあえて逆らうつもりはなかった。というより、むしろありがたいアドバイスと言うべきだっただろう。

「相談してみるわ」

「その方がいいって」

友美が言った。まったく、こんな年齢になって弟に恋愛相談をしなければならないなんて、情けないような気もしたけれど、こればかりは仕方がないだろう。他に相談できる相手がいるわけではなかった。少なくとも、直接力になってくれる人間はいない。

「まあ、でもいいじゃないの。少なくとも、彼氏がいなくて悩んでいるとか、そういうんじゃないんだし」

うらやましい限りですなあ、と友美が言った。わたしたちは顔を見合わせて少しだけ笑った。

「いや、そういうけどさ、そっちもわかってるだろうけど、彼氏がいたらいたで、やっぱり面倒くさいもんだよ」

「わかるよ。うん。確かにね、この歳になると、いるのかいないのかっていうと、無理してまで欲しくはないっていうのが正直なところだもんね」

別に友美が見栄《みえ》を張っているわけではないことは、わたしにもよくわかっていた。女も三十を少し過ぎたぐらいになり、自分の生活のペースが完全にできあがってしまうと、男などいらないという気になってしまうのだ。いいことなのか悪いことなのかは別として、それが現実だろう。

もちろん、彼氏はいた方がいい。いないよりはいた方がいい。ただし、そのために自分の生活が大きくペースを乱されたり、あるいは時間を無駄にしてしまうようであれば、いらないと思ってしまうようになるのも仕方がない。それがわたしたちの世代というものだ。

「そっちはどうなの」

「男？　いないねえ」

あまり残念ではない様子で友美が言った。確かにその通りなのだろう。いたらいたでいいが、いなくてもそれほど不都合はない。それが男ということに、わたしたちは気付いていた。

それからしばらくだらだらと話してから、わたしたちはその喫茶店を出た。明日は月曜日だ。会社にいかなければならない。それほどのんびりしているわけにはいかなかった。

銀座の駅で別れたところで、タイミングよくメールの着信音が鳴った。児島くんからだった。

〈お食事会は終わった?〉

そこにはそう短く記されていた。今、終わったところ、と返信を送ってから、わたしは地下鉄に乗るため銀座駅のホームへと降りていった。

8

それにしても、と電車の吊《つ》り革につかまりながら、改めて思った。児島くんというのは、本当によくできた男だと。

今日、友美と食事をすることは、もちろん事前に彼に伝えてあった。別に許可を求めて言ったわけではない。ただ、約束があるから日曜は会えない、ということを伝えるためにそう言ったのだ。

それは残念、とか何とか言いながらも、楽しんでくるようにと彼はわたしを送り出してくれた。児島くんのいいところは、独占欲がほとんどないところだと思う。

そして、食事やお茶の時間が終わった頃を見計らって、メールを一本打ってくる。なかなかできるものではない。本当に感心してしまう。

児島くんとはいったいわたしにとって何なのだろうか。ストレートに言ってしまえば、恋人ということになる。わたしたちはお互いのことを好きだと思っているし、意思表示もして、その上でつきあっているのだから、これはやはり恋人という以外ないだろう。

不思議なのは、なぜ児島くんがわたしを選んだかということだ。児島くんは身長百八十センチを超える長身で、筋肉質、ルックスもかなりいい。笑顔もさわやかで、女性なら誰もが魅了されてしまうといっても過言ではない。

周囲を見渡せば、いくらでもいい女はいるだろう。チョイスの仕方によっては、それこそどんな女とでもつきあえるはずだ。なのに、なぜわたしを。

世の中は熟女ブームらしい。熟女というとちょっといやらしいが、要するに年上の女を好きになる男性が増えてきているということだ。これは決して冗談事ではない。そういう男性が増えているのは間違いのない事実だ。

児島くんもそういう男性の一人なのかと思って、聞いてみたことがある。ところが、返って来た答えは、まったくそういう趣味はない、というものだった。

過去につきあってきた数人の女性についても、せいぜい同じ歳がいいところで、年上の女とつきあったのは、わたしが初めてだという。

では、いったいなぜ彼はわたしとつきあっているのだろう。もしかしたらある種のマザコンなのかもしれないと思い、それを確かめたこともあったが、そんなことはないときっぱり否定されてしまった。

唯一、あるとすれば、児島くんの家はお父さんやお兄さんの仕事の関係もあって、完全な女家族だという。祖母、母親、姉、妹、と四人の女性に囲まれて育った彼が、何らかの意味で女性に対してコンプレックスのようなものを抱いて育ってしまった可能性がないとはいえない。

ただし、どこから見てもそんなふうには感じられなかった。四人の女性に囲まれて育ったとか、そんなことに関係なく、児島くんは児島くんであり、母親などの影響を受けているようには見えなかった。

ただ言えるのは、女性に対する扱いのうまさで、これは本人も認めていた。早い話、さっき届いたメールなどもそのひとつなのだろう。

さりげない女性に対する気配り。それがなければ暮らしていくのが難しかったため、彼がそういう配慮を身につけたのは間違いなかった。

いや、そんなことはどうでもいい。問題は、なぜ彼がわたしを選んだかということだ。

走る電車のガラス窓に映る自分の顔を見つめながら考えた。別にこれといって特徴があるわけでもない。身長百五十八センチ、体重四十八キロ、スタイルがいいわけでも、美人であるわけでもない。

強いていえば、目が大きいところはほめてもらってもいいと思うが、それにしたところで大したものではないことは自分自身でも認めざるを得なかった。そして、年齢相応にたるんだ皮膚や顔の皺《しわ》。これはもう隠しようのないところだ。

要するにわたしはどこにでもいる三十八歳のＯＬで、とりたてて何か美点があるというわけではない。情けないが、それだけは自信を持って言える。にもかかわらず、児島くんはそんなわたしのことを好きだといい、つきあってほしいと何度もアプローチを繰り返してきた。

これが、わたしが大金持ちの娘だとかいうのであれば、納得もいっただろう。だが、実際にはそんなことはない。わたしの親は平凡な会社員だ。

では宗教か。何かの勧誘か。なるほど、それなら不思議もないのだが、これもまた違っていた。児島くんはそういうことに一切興味がない人で、むしろ嫌っていると言ってもいいだろう。

さて、それではなぜわたしなのか。世の中には見渡せばいくらでも女性がいる。何しろ、人口の半分は女性なのだ。

つまり選択肢はいくらでもあるということになる。それなのに、なぜわたしなのか。なぜ児島達郎はわたし、川村晶子を選んだのか。しかも、十四歳もわたしの方が年上なのに。なぜ。

いくら考えてもわからなかった。いつも児島くんが言うように、最初から晶子さんがいいな、と思っていたということなのか、それならば、なぜわたしだったのか。わたしのどこがよかったのか。

その辺をはっきりしてほしいと思いながら、池袋《いけぶくろ》の駅で電車を乗り換えた。その短時間の間にメールを確認してみると、もう一度児島くんからのメールが届いているのがわかった。

〈気をつけて帰ってください。家についたらメールして〉

これではどちらが年上なのかわからない。まるで彼はわたしの保護者のようだ。

ただ、それは別に気分の悪いことではなかった。いや、むしろ正直に言えば嬉《うれ》しいことだった。いつでも、見守られているようなこの気分は、決して悪いものではない。

（はいはい、わかりました）

つぶやきながら、わたしはメールの返事を作り始めた。家に帰ったら、すぐにメールを返そう。そう思いながら。

父について

1

晶子さんはさ、と児島くんが言った。

「どんな結婚式がしたいの？」

六月のよく晴れた土曜日のことだった。わたしたちは映画を見てから食事をするというスタンダードなデートを楽しんでいた。児島くんがそんなことを言ったのは、入ったイタリアンレストランで前菜を食べ終わったときだった。

「どんなって？」

「あるじゃない。派手コンとか地味コンとか」

何てことを聞いてくるのだろうと思いながら、わたしはエビのフリッターに手を伸ばした。

「そんなこと考えたこともなかった」

「マジで？　ちゃんと考えてよ。一応さあ、基本的に一生に一度のことなんだし」

「そりゃそうだけど」わたしはナプキンで口を拭《ふ》いた。「そこまで考えるの、早過ぎない？」

他にもっとしなければならないことがいくつもわたしたちの前にはあった。まず、非常にハードルの高い両親の説得という問題が第一関門となっていた。

「親のこととか、児島くんは考えてるわけ?」

わたしたちはお互いを呼ぶ時の名前を何となく決めていた。わたしが彼を呼ぶときは児島くんだし、彼がわたしのことを呼ぶときは晶子さんだ。

ただし、最近児島くんは晶子、と呼び捨てにすることもあった。わたしとしては二人の距離が縮《ちぢ》まるようで、ちょっと嬉しかった。

「そりゃ考えてるよ。たださ、説得するとか言っても、なかなかそう簡単にはいかないじゃない?」

「そうね」

「親の同意を取りつけてから、結婚式のことを考え始めたら、ちょっといろんなことが遅くなりすぎると思うわけですよ、ぼくとしては」

児島くんがわたしの年齢のことを遠回しに言っているのはよくわかった。もうわたしも三十八歳だ。できればわたしが四十歳になるまでに結婚したいというのは、わたしたち二人に共通した暗黙の了解だった。

「だからね、両方を並行してやらなきゃマズイって思うわけ。親の説得は説得でちゃんとやるし、その間に結婚式のことも考える、そうじゃないと、やっぱり時間がかかり過ぎるでしょう」

説得力のある話だが、実際にそんなにうまくいくかどうかは何とも言えなかった。基本的にわたしの両親も児島くんの両親も、わたしたち二人の結婚について賛成はしていないのだ。

その急先鋒《せんぽう》にいるのはわたしの父だ。父は児島くんと会うことさえ拒否している。その次は児島くんのお母さんということになるだろうか。世間体が悪い、というようなことを言っている、と児島くんから聞いたことがあった。確かにそうかもしれない。

そして三番目はわたしの母だ。母は基本的にマジメな人なので、常識的に考えて十四歳も年下の男の子と結婚するというのが考えられないようだった。

ただ一人だけ、どういうわけか最も乗り気だったのは児島くんのお父さんだった。児島くんのお父さんは、なぜかわたしのことが気に入ったらしく、別に年齢なんかどうだっていいじゃないか、と考えようによってはいいかげんなことを言ってるらしい。それでも、さすがに手放しで大賛成というわけではなく、みんなにとっていいことをゆっくりと考えていこうという立場を取っていた。

要するに、わたしたちの親たちは全員が決してわたしたちの交際、ましてや結婚について賛成しているわけではなかった。古いことを言うようだが、わたしとしては両親たちにも祝福してもらえるような結婚をしたかったから、派手コンがいいとか、地味コンでもいいよとか、そんなことを考える余裕はまったくなかった。

とにかくそれより何より、お互いの両親の了解を取りつけなければならない。それが正直なわたしの心情だった。

「おっしゃってることはよくわかりますよ」児島くんは半ばおどけながら言った。「でもさ、それを待ってたらあまりにもいろんなことが遅くなりすぎると思わない？　それに、率直に言って、そんなにうまくいくと思えないしさ」

「あたし、嫌よ。そんな、親の許しもないのに結婚するとか、そういうの」

古いことばかり言うようだが、これはわたしの性格なので仕方がない。わかってる、と児島くんもうなずいた。

「とにかく、こっちは大丈夫だと思うんだ。親父はむしろ賛成してくれてるぐらいだし、オフクロは最終的には親父の意見に従う人だから、そんな気にすることないって」

どうもそういうことらしい。児島家は総合的に判断すると、息子がしたいのなら十四歳年上でも宇宙人でも結婚すればいいと思っているようだ。

「やっぱり、問題はうちだよねえ」わたしはシーザーサラダを取り分けながら言った。「父とは何度か電話で話してるんだけど、全然納得いってないみたい。取りつく島もないっていうか、どこからどう説得していけばいいのかもわからないぐらい」

「お母さんは？」

「大反対ってわけじゃないけど、大賛成ってわけでもない」わたしは言った。「それにねえ、うちの両親ぐらいの年齢だと、どうしても父の意見が家族の意見てことになっちゃうのよ。古くさいっていえば古くさいんだけど、仕方がないっていうか……」

「いや、古くさいとかそういうんじゃないと思うよ」児島くんがフォローしてくれた。「まともな家なら、そうなるのが普通なんじゃないの？　うちだって同じだよ。オフクロはちょっと反対してるっぽいけど、それでも結局は親父の意見に賛成してくれるんじゃないかな。そういうもんだと思うよ」

「お父さんは、一応賛成してくれてるわけ？」

「少なくとも反対はしてない。そりゃもちろん、大賛成ってことはないだろうけど、好きにすればいいっていうスタンスなのは間違いないね。兄貴と一緒だよ」

兄貴というのは児島くんのお兄さんのことだ。十歳ほど歳の離れたお兄さんは、大学へ行かず料理人になる道を選んだ。

なかなか勇気のある選択だと思うが、それについても児島くんのお父さんは決して反対しなかったという。児島くんのお父さんは、子供たちの意見を尊重する人なのだ。

「ゴメンね、うちの親。古くさくて」

わたしは軽く謝った。そんなの、仕方ないよ、と児島くんが笑った。

「確かにさ、お父さんとかが反対する気持ちはわかるし。こっちは社会人になりたての青二才だし、おまけに正社員ですらない契約社員の身分だからね。いろいろ心配するのも無理ないって」

「そんなの関係ないのにね」

「そう言ってくれるのは晶子だけだよ。やっぱりさ、契約社員だとその辺肩身が狭いっていうかさ。差別されてるとまでは言わないけど、どうしても色眼鏡で見られちゃうところってあるよね」

仕方ないんだ、と児島くんが二度うなずいた。

「でも、そんなことを言ってても始まらない。とにかく、何とかしてお父さんを説得しないとね」

どうする？　と児島くんが聞いてきた。一応、作戦があるのよ、とわたしは言った。

2

弟の善信と共に実家へ帰ったのは翌日の日曜日のことだった。わたしは弟にこれまでの経緯を話し、とにかくお父さんの頑《かたく》なな態度を改めさせてほしいと頼んでいたのだ。

「何でオレがそんな役回りしなきゃならないわけ？」

「あたしが言うより、あんたが言った方が説得力が増すからよ」

そうかねえ、と弟が電話口で小さなため息をついた。

「オレ、自信ないなあ」

「お願いだから、そんなこと言わないで。たった一人の姉が窮地に陥《おちい》ってるのよ。助けてちょうだい」

そんなやり取りがあり、結局は弟がわたしの説得に負けた形で、休みの日曜日に実家を訪れたのだった。

出迎えてくれたのは母だった。父さんはと聞くと、近所までちょっと出ているが、すぐ戻ってくるという。都合がいい、とわたしは思った。リビングのテーブルに座り、最終的な作戦の確認をした。

「いい？　とにかくあんたは児島くんのことを誉《ほ》めるのよ。しっかりしていて、立派な奴だって」

「わかってるよ。それに、別に嘘をつくわけじゃない。児島はあの歳にしてはできすぎてるぐらいしっかりした男だからね」

「そうそう。そういうことをお父さんに話してほしいのよ。それで、とにかく児島くんとお父さんが会うチャンスを、一度くらいは与えてやってくれないかって」

そりゃ難しいな、と弟が顔をしかめた。

「親父はガンコな男だぜ。それは姉貴もよく知ってるだろ？　一度会わないって言ったら、ホントに会わないぐらい、平気でするタイプだ」

「だから、そこをあんたの力で説得してほしいのよ」

「簡単におっしゃいますけどね、そんなにうまくいくと思ってるの？　親父はさ、オレが結婚する時だって早過ぎるとか若過ぎるとか、ありとあらゆる難癖つけてきた男だよ。姉貴が考えてるほど甘くはないと思うな」

「だって、他に方法がないんだもん」

そう答えながらも、確かに、とわたしは心の中でうなずいていた。弟は大学を出て就職した二年後に結婚したのだが、早過ぎる、と父が大反対していたのを思い出したのだ。

結局のところ、弟はいわゆる〝出来婚〟に話を持ち込み、それなら仕方がないな、と父に諦めさせていた。弟によれば、父はその時のことをまだ許してはいないのだという。すなわち、今回わたしは〝出来ちゃった婚〟という手は使えないということだ。

「晶子、あたしだってね、決して大賛成ってわけじゃないのよ」お茶を出しながら母が言った。

「世間体がどうとか、そんなこと言いたくないけど、やっぱりそういうことも世の中にはあるのよ」

「はいはい、わかってます」

「わかってたら、そんなねえ、十四歳も年下の男の子と結婚なんて」

考えないと思うわ、と母がため息をついた。あまりに常識的な発言なので、答えることができないまま、わたしはお茶をひと口飲んだ。

「まあまあ、オフクロまでそんなこと言わなくても」善信がフォローに回ってくれた。「オフクロ的には、姉貴の結婚に反対ってわけじゃないんだろ？」

「そりゃあね、三十七とか八とかになって、このまま一生独身でいるよりは、どんな人が相手でも結婚してくれた方がいいとは思うわよ」

「それも世間体？」

「そんなふうに言わないの。母さんはね、晶子が幸せになってくれればそれでいいんだから」

「じゃあいいじゃないの。姉貴は児島と結婚するのが幸せだって言ってるんだからさ」

それはそうなんだけどねえ、と言いながら母もお茶を飲んだ。

「だけどねえ、善信。だからと言って十四歳年下の男の子と結婚するのが後々までの幸せにつながるかどうかは何とも言えないじゃない？　でしょ？」

「そうかなあ。オレはさ、別に姉貴の肩を持つわけじゃないけど、年齢は関係ないと思うよ。要は二人の相性なんじゃないの？」

「あんたにはわかんないでしょうけどね、今は良くても後になって失敗したってことがあるのよ」

「まさか、それって自分の経験談じゃないでしょうね」

わたしが言った。違うわよ、と母が手を振った。

「母さんたちはね、まあまあ何とかうまくやってきたと思ってる。それはね、年齢が近いから、価値観とかも似てたし」

「そりゃそうかもしんないけど」

善信が煙草《たばこ》に火をつけた。母が灰皿を出した。自然な光景に見えるが、弟が両親の前で堂々と煙草を吸うようになったのはこの二、三年のことだ。それまでは父に対する遠慮なのか、弟は親の前で煙草を吸うようなことはなかった。

その時、玄関の扉が開く音がした。親父だ、と善信が言った。確かにその通りで、白いジャンパーにグレーのスラックス姿の父が顔をのぞかせた。

「何だ、二人して」

「何だってことはないけどさ」善信が言った。「まあ、いろいろあるわけですよ」

そうかね、と答えた父が手を洗いに洗面所へ行った。ちょっと、しっかりしてよ、とわたしは弟の肩を強く叩《たた》いた。

3

「二人揃って顔を出すというのは珍しいな」

父がリビングのソファに座りながら言った。まあまあ、と善信がうなずいた。

「遠回しに言ってもしょうがないから、はっきり言うけどさ。姉さんの結婚の話で来たんだよ」

そうかね、と父が煙草をくわえた。負けじと弟も煙草に火をつけた。

「親父さ、親父の言いたいこともわからなくもないけど、とにかく一度会うだけ会ってみたらどうなのよ、姉さんの相手と」

「会いたくない」

父が煙を吹いた。何でさ、と弟が尋ねた。

「そうやってなし崩しに説得されるのが、一番嫌なんだ」

「古いこと言うねえ」

「当たり前だ。とっくに還暦を越えてるんだぞ。古いことも言うさ」

困ったな、というように弟が頭を掻《か》いた。これぐらいのことで困ってもらってはこっちが困る。予想の範囲内の答えではないか。

「そんなに頭ごなしに反対しなくてもいいじゃないの。とにかく一度会ってみてさ、それから判断してくれても」

「会わんでもわかる。二十三、四歳の若い男だろう？　善信、下手したらそれぐらいの年齢の男は父さんの孫に当たると言ってもいい」

父は今七十だから、確かに二十三、四歳の孫がいてもおかしくはない。

「そんな子供みたいな歳の男と会っても仕方がないだろう」

「子供みたいって」弟が苦笑した。「児島は二十四歳だよ。立派な大人だ」

「子供だ。そんな若い奴に何ができる？　晶子を幸せにできると思うか？」

「だからさ、だからそれを確かめるためにも会ってみればって言ってるんだよ」

二人は意地になったようにひっきりなしに煙草を吸っていた。リビングがまるでロンドンの街のようにかすんで見えた。

「会わなくてもわかる」

「会わないでわかるわけないだろ」

ちょっと、とわたしは弟の肩をついた。最初からそんなケンカ腰でどうするのか。もっと冷静になって、落ち着いて父を説得してくれなければ困る。

「親父はね、会ったことないからわからないんだよ。おれはさ、一度だけだけど、児島と会ったし飲みにも行った。とにかく、真面目《まじめ》な男だよ。確かにね、親父の言ってることもわかる。今時の二十三、四歳なんて、ろくなもんじゃないよ。それはその通りだと思う。ただね、どんな世代にだって例外ってのはあるだろ？　児島はね、まさにその例外的な男なんだよ」

「例外って何だ」

「例外っていうかさ、要するに年齢に似合わず、落ち着いた男だってことだよ。なかなかいないよ、あんな奴は」

「そうかね」

「そうさ」

また二人が思い切り煙草を吸い始めた。それ、止《や》めてもらえないだろうか。

「お父さん、わたしからもお願い」思っていたより善信が頼りにならないので、わたしは自分で説得をすることにした。「とにかく、一度会ってくれるだけでいいの。それで、二人のことを認めてほしいとか、そんなこと言わないから。だから、会うだけ会って。お願い」

あなた、と母が言った。父が思い切り煙を吐いた。

「会わないと言ったら会わない。そんなことで時間を無駄にしたくない」

「そこまで意地になるかねえ」

「意地で言ってるんじゃない。現実を見て言っている。お前たちの方こそ意地になっていないか？　父さんは晶子に幸せになってもらいたいと思っている。これは本当だ。だがな、常識で考えてみて、そんな二十三、四歳の若い男が晶子を幸せにできるとは思えんのだ」

「それって、親父が決める問題か？」善信が大声を上げた。「姉貴の幸せは姉貴が決める話じゃないの？　姉貴がいいって言ってるんだから、それが姉貴の幸せってことだろ」

「うるさい。お前にはわからん」

「駄目だ、姉さん」善信が肩をすくめた。「いつの間に、こんなガンコ親父になったかな」

「意地を張って言ってるわけじゃないぞ」父がまた新しい煙草に火をつけた。「その児島くんという男の子は、確かに悪い奴ではないだろう。父さんはお前たちを信頼している。お前たち二人が口を揃えていい奴だというからには、悪い男とは思えん。だがな、晶子。結婚となると話が違う。何につけても、不釣り合いなのは良くない。そういうことだ」

「不釣り合いって、年齢のことだけじゃないの」

わたしはちょっといらつきながら言った。それだけじゃない、と父が首を振った。

「収入だってそうだ」

「だって、それは仕方ないじゃない。彼はまだ若いんだから」

まだある、と父が言った。

「勤めてる会社の規模とかもそうだ。お前が働いている会社は、まあいわゆる大企業だ。だが彼はどうだ？　小さなPR会社というじゃないか」

「またその話？」

「そうじゃない。まあ聞きなさい」父がひとつ大きなくしゃみをした。「父さんが言ってるのは、そこも釣り合いが取れてないということだ。大企業と小さな会社ではその常識も違ってくる。そういうところから、価値観も違ってくるし、後々いろんなことが違ってくると言っている」

「そこを埋めるのが、いわゆる愛でしょうが」

善信が言った。愛は大事だ、と父がうなずいた。

「それはお前の言う通りだ。だがな、愛だけでは埋められない何かが出てくることもある。父さんが不釣り合いな関係はよくないと言ってるのはそういう意味だ。不釣り合いであればあるほど、その何かを埋めることが難しくなってくる。そういうもんだ」

「じゃあどうすればいいっていうのよ」

「つきあうことに反対はしない。お前はもう十分過ぎるほど大人だ。父さんの出る幕はない。だがな、結婚ということになると話は違うぞ、晶子。交際と結婚は全然違う話だ。そして父さんが言ってることがわからんほど、お前も子供じゃないだろう。悪いことは言わん。結婚は縁だ。縁があれば、またお前に似合った、ふさわしい相手が出てくるはずだ。児島というその男が、お前にふさわしい相手とは、父さんはどうしても思えんのだ」

「頭固いね、親父も」善信が言った。「いつからそんなになっちまったんだ？　親父がいう縁ってのが、児島と姉貴の間をつないでるかもしれないじゃないか」

「そんなことはない」

「だから、会ってみなきゃわかんないだろって言ってんの」

「会わなくてもわかる」

「会わなくてもわかる？　いつからアンタ超能力者になったんだ？」

「何だと！」

父が立ち上がった。遺伝というのは見事なもので、弟も短気だが父も気が短い。止めてよ、とわたしは言った。

「お父さんもいい年齢なんだから、興奮しないで。また血圧が上がるわよ」

あとはいつもの通りだった。怒り出した父を母がなだめるまで、三十分近くかかった。何ひとつ問題は解決しないまま、話し合いは終わっていた。

4

まったくもう、とわたしは言った。父は二階の自分の部屋に閉じこもっていた。

「善信、あんた何しに来たわけ？　説得しに来たんでしょう？　だったら、もう少し言い方ってものがあるでしょうに」

「わかってるよ」

悪かったね、と善信が煙草を指で叩いて灰を落とした。

「確かにね、作戦を間違えました。ていうかさあ、親父、ものすごい頑固になってない？　昔からああだったっけ？」

「まあ、物わかりのいい方じゃなかったのは確かね。あんた、自分の結婚の時、あれだけ揉《も》めたの忘れたの？」

「いや、覚えてるよ。覚えてるけどさあ、あの時はもうちょっと、こっちの言ってることを理解しようとする姿勢があったと思うんだよね。ところが今回ときたら、最初から全否定だろ？　何かあったの、オフクロ」

「息子の結婚と娘の結婚は違うってことよ」

　母が新しくお茶を入れ直した。そのお茶をすすりながら、どういう意味よ、と弟が言った。

「まあ、いろんな意味があるけど」母が自分の湯呑《ゆの》みにお茶を注《つ》いだ。「とにかくね、あんたに何を言っても無駄だって、父さんにはわかってたのよ。若すぎるからとかいくら言ったって、あんた最初っから相手にしてなかったでしょ」

「まあ……そういうところもあったかもしれないね」

「あんたは昔からそうだったからね。お父さんとそっくり。一度決めたことは絶対曲げない子だったから」

「いや、おれの話はいいけどさ」慌《あわ》てたように善信が言った。「とりあえず、最初の話し合いは不調に終わっちゃったわけじゃない？　姉貴、これからどうするつもりなのさ」

「それがわかれば苦労しないわよ」

　わたしは大いに不機嫌だった。弟ならば、少しは事態を進展させてくれるかと期待していたのに、むしろ状況は逆で、トラブルが大きくなっただけだった。これなら来ない方が良かったぐらいだ。

「もうさ、こうなったら児島を連れて来ちゃえば？」善信が言った。「強引にでも会わせちゃえば、案外何とかなるかもよ」

「適当なこと言わないで」わたしは首を振った。「そんなことして、余計に話がこんがらがったらどうすんのよ」

「そりゃそうだけど……」

他に何か方法ある？　と善信がわたしと母の顔を交互に見た。さあねえ、と母が言った。

「あたしは反対ですけどね。そんなことしたら、ますます逆効果だと思うわよ。父さん、そういうの大嫌いな人だから」

確かに、父はそういう人だった。無理に会わせたとしても、決していい結果は得られないだろう。

「じゃあ、どうすんのさ」

そう言った善信が、とりあえず母さんが児島と会ってみたら？　と指を鳴らした。あたしは別にいいですよ、と母が答えた。

「でもね、それもやっぱり父さん嫌がると思うのよ。あたしがあんたたちの側についたら、父さん一人ぼっちになっちゃうでしょ？　あの人、さみしがり屋だから、そういうの我慢できないと思うの」

「そうよね」

「それにね、晶子。あたしだって、正直なこと言ったら、決してこの話に賛成なわけじゃないんですからね。一応、あんたについてることになってるけど、父さんの言ってることもよくわかるの。やっぱりね、結婚には釣り合いってものが大事なのよ」

「お母さんまでそんなこと言うの？」

「だって、本音を言えばそうなんだもの」

どうやら、わたしと児島くんの関係を認めてくれているのは弟だけらしい。何だかとんでもないことになってきたなあ、と思った。

5

夜、わたしは児島くんに電話をして、事の顚末《てんまつ》を話した。そっかあ、と児島くんが言った。彼にしては珍しく、ちょっと沈んだ声だった。

「お父さん、そんなに全然駄目な感じ？」

「全然ってわけじゃ……あるかも、やっぱし」

自分をごまかしてみてもしょうがない。本当のことを言った。そっかあ、と児島くんがまた言った。

「会うのも無理な感じ？」

「とりあえず、今のところはね」

「やれやれ」児島くんがため息をついた。「疲れるねえ」

「ホントに」

本当に、疲れる展開になった。これ以上、何をどうすればいいというのだろう。地道に説得を続けていくしかないのだろうか。

「おれがさ、突然訪ねていったりしたらどうかな」

「余計にこじれると思う」

わたしは率直に答えた。実際、今日の父の剣幕を見れば、誰でもそう思うだろう。

「じゃあさ、偶然を装って、みたいなのは？」

「無理だって。父親、ボケてるわけじゃないんだから、そんなのすぐ見破られますって」

児島くんが三回目の〝そっかあ〟を言った。

「それじゃますます八方塞《ふさが》りだね」

「そういうことになっちゃう。ゴメンね。児島くんのせいじゃないからね」

「うん……まあ、おれのせいって言われても、ちょっと困っちゃうんだけどね」

はあ、とわたしたちは揃ってため息をついた。これからいったいどうすればいいのだろう。

「とにかく、一歩ずつ前進していくしかないよね」

児島くんがそう言った。さすがは元山岳部だけのことはある。後退は考えていないようだ。

「前進っていってもねえ……どのルートを行けばいいのか、わたしにもわかんないよ。自分の親のことながら」

「まあ、そんな諦めるようなこと言わないで。一応、まだおれと結婚してくれる気持ちはあるわけでしょ？」

バカ、とわたしは言った。

「だからこんなに苦労してるんじゃないの」

よかった、と児島くんが言った。

「そこで諦められたら、もうどうにもならないからね」

「諦めるつもりはないけど……うん、ない」

だったら何とかなるさ、と児島くんがいつもの強い調子で言い切った。

「おれたちの気持ちがまとまっている限り、絶対最終的には何とかなるって。そうでしょ？」

そうだと思う。思いたい。

いや、いざとなったら児島くんと二人で結婚式でも何でもすればいいのだ。もうわたしも十分に大人だ。覚悟を決めればそれぐらいのことはできる。そして児島くんだって、それを嫌とは言わないだろう。

ただ、わたしの本心を言えば、なるべくならそんな事態は避《さ》けたかった。できれば両親にも賛成してもらう形で結婚をしたかった。これは年齢とは関係なく、わたしの性格の問題だ。

「いや、それはわかりますよ。誰だって、そうなんじゃないの？　親の反対を押し切ってまでっていうのは、話としてはありだけど、現実問題としてはちょっと辛《つら》いもんね」

児島くんが言った。そういうことだ。強引な手に出るのは最後の手段として取っておきたい。その前に話し合ってきちんと許しを得られればいいのだけれど。

「……難しいかも」

「マジで？」

「少なくとも時間はかかると思う」

「時間ってどれぐらい？」

「どれぐらいなら待てる？」

脅さないでよ、と児島くんが言った。

「どれぐらいって言われても困るけどさ。だってリアルに考えてみてよ。仮にだよ、仮に明日、いきなり晶子のお父さんがオッケー出してくれてもさ、そこからまたいろんなことに時間がかかるんだぜ。あんまり長くは待てないっていうか」

それもそうだ。具体的に、きちんとした結婚式を挙げるというのなら、一年とは言わないけれどそこそこに時間は必要だろう。

「子供のこととかもあるし」

「だよねえ」

わたしも三十八歳だ。子供を作るのに早すぎる年齢とは言えない。というか、遅すぎるぐらいだ。まったく、歳が歳だといろんなことが不自由になってくる。

「まあ、今いろんなこと言っても仕方ないんだけどね。とにかく、晶子さんも努力してみてよ。おれも、できることがあったらやってみるからさ」

できること、というのが何なのかよくわからなかったが、とりあえずわたしがわたしの父親を説得しない限り、話がひとつも前に進まないのはわかりきっていたので、頑張ってみます、と答えた。頑張って下さい、と児島くんが言った。

「それでさ、来週のことなんだけど」

ああ、そうだ。来週の土曜日、わたしは児島くんの家へ挨拶《あいさつ》をしに行くことになっていたのだ。

「まあ、みんな楽しみにしてるから」

みんなというのは児島くんのおばあちゃん、そして姉と妹のことだ。個別に紹介するより、全員いっぺんにやった方が晶子さんも楽でしょ、という話になり、土曜日に児島家一同が総出でわたしを出迎えることになっていた。

「親父以外は女ばっかりだから、どうなのかな。晶子さんにとってはその方がいいのか悪いのか」

悪いに決まってんじゃないの、という言葉を呑み込んだ。女ばかりなんて最悪といってもいい。後で品定めをされるのはわかりきっている。

おまけに、わたしは彼より十四歳も年上なのだ。何を言われるかわかったものではない。

とはいえ、女ばかりなのは児島くんのせいではないから、わたしはいろいろ言いたいこともこらえてぐっと言葉を呑み込んだ。本当だったら叫び出したいぐらいだった。

「ねえ、何着ていけばいいと思う?」

「さあねえ……普通でいいんじゃないの?」

本当に男って頼りにならない。相談しても無駄だと悟ったわたしは、話題を切り替えた。まだしばらく電話は続きそうだった。

6

翌週の土曜日、わたしはおとなしめのオリーブグリーンのワンピースを着て、町田《まちだ》の駅へと向かった。

　この服に決めるまでがまた大騒ぎで、結局わたしは自分で決めることができないまま、金曜の夜に二人の友人を呼んで、わたしのワードローブを漁《あさ》り、ああでもないこうでもないと服を取っかえ引っかえしながら、地味ではあるけれど、しっかりした感じがする、という意見を取り入れて、このオリーブグリーンのワンピースを着ていくことに決めたのだった。頭の中で友美が最後に言った言葉がリフレインしていた。

「いいと思うよ、それで。ただ、若くは見えないけどね」

　いくら服やメイクでごまかしたところで、児島くんの家族はわたしが児島君より十四歳年上であることを知っている。だいたい、ごまかせるとしても五歳までが限界だろう。相手はわたしと同じ、女なのだから。

　つまり、ごまかそうと思ってもごまかせないことがわたしたちにはわかっていた。だったら開き直りではないけれど、年相応の服を着ていった方がいい、というのがわたしたち女三人のコンセプトだったが、いざ本当にその服を着て外に出てみると、やはりこれは失敗だったのではないか、という強い後悔の念がわたしを襲った。多少無理をしてでも、もう少し若く見える服を着てきた方がよかったのではないだろうか。

　もっとも、そんなことを今さら言ってももう遅かった。せめてメイクだけはきっちりしていこうと思っていたら、予想以上の時間がかかってしまい、慌ててわたしは外へ出てしまっていた。後悔先に立たずとは、まさにこういうことを言うのだろう。

　一度新宿《しんじゅく》まで出て、南口へ向かった。一緒に行ったほうがいいだろうということで、わたしと児島くんは新宿で待ち合わせていたのだ。

　わたしは途中で十分遅れるとメールを打ち、実際には十五分遅れで待ち合わせていた小田急線の乗り口に着いた。児島くんはブルーのポロシャツに茶色のチノパンという姿でわたしを待っていた。

「いやあ、絶対遅れると思ってたよ」

　遅れてごめんね、と詫《わ》びたわたしに、児島くんが笑いながらそう言った。

「絶対って何よ」

「いや、女ってさ、こういう時必ず遅れて来るって話さ」

「あら、ずいぶん詳しいのね」

　ちょっとむくれながらわたしは言った。まあまあ、と児島くんが笑った。

「笑い事じゃないわよ、まったく」

「そうつんけんしないで。似合ってますよ、ワンピース」

「うるさい」

　まあまあ、と児島くんがわたしの肩に手を置いた。

「ちょっと遅れ気味なのは確かなんだからさ、とにかく電車に乗ろうよ。もう切符買ってあるんだ」

　児島くんが切符を一枚差し出した。こういうところは世慣れているなあ、といつも思う。

　わたしたちは小田急線の改札口を抜けて、下のホームへと降りていった。ちょうど急行が来たところだったので、そのまま電車に乗った。席は空いてなかった。

「三十分か、四十分か、それぐらいかな」

　吊り革につかまりながら児島くんが言った。そうか、それぐらいの時間だったな、と思った。そして同時に、いきなりリアルな感情がわたしを襲った。つまり、これから一時間以内に、わたしは児島くんの家族とご対面するということだ。

「うわ。何か急に胃が痛くなってきた」

「そんな暗い顔すんなよ。家族一同、あなたを心からお待ちしておりますですよ」

「そりゃ、あなたにとっては慣れ親しんだ家族でしょうけど、あたしにとっては他人なんだからね」

「これから家族になるわけじゃないの」

　また児島くんが笑った。どうやら児島くんは今日のことを一種のイベントとして考えているようだった。

「気楽なことばっかり言って」

「だって、これでおれまで緊張しちゃったらどうすんのよ」

　それもそうだけど、とわたしはもう一度自分の着ている服を見た。

「ねえ、地味じゃない？」

「そんなことないって。似合ってるって何回言わせる気だよ」

　あのねえ、と文句を言おうとした時、ベルが鳴った。アナウンスと共に電車のドアが閉まり、ゆっくり動き出した。

（マジで胃が痛い）

窓の外を見ながらそう思った。十二時半になっていた。

根回しについて

1

午後一時、町田の駅に着いた。胃が痛いどころか、気持ちが悪くなっていた。今にも吐きそうだ。

とりあえず児島くんに引きずられるようにしながら駅で降りた。ちょっとだけ待って、とわたしはベンチに座った。

「どうしたの」

「気分が悪い」

ああ、確かに、と児島くんが言った。

「顔色、真っ青だよ。そりゃ、気持ちはわかるけどさ」

わかってない、とわたしは言った。そうかもしんないけど、と児島くんがわたしの手を取った。

「とにかく、うちの連中も鬼じゃないんだから。晶子さんを取って食おうと思ってるわけじゃあるまいし」

「食われたらどうすんのよ」

「そんなことあるはずないだろ」

「精神的な意味での話」わたしはぶつぶつと文句を言った。「児島くんは、まあ、女心を理解している方だと思うけど、ホントのところはたぶんわかってないわ。女なんてね、同性の品定めをさせたらこんなにうるさいものはないのよ」

「そりゃまあ、そういうところもあるよな」児島くんが言った。「女同士のぶっちゃけトークなんて、正直聞いてると怖いものがあるもんね」

児島くんは、母、姉、そして妹の三人によるぶっちゃけトークを何度も聞いたことがあるという。それはそれは、凄《すさ》まじい光景だったらしい。

「だけどさ、晶子さんのことについては、別にゴチャゴチャ言ったりしないと思うよ」

「そうかしら」

「今までも、つきあってた人を家に連れてったことあるけど、そんなに後でぶつぶつ言われたことはないよ」

「今まで、何人連れていったの？」

「二人」

「三度目の正直って言葉もあるわ」

「二度あることは三度あるとも言うだろ。さあ、立って。とにかくここまで来たんだ。会わなきゃ意味がないじゃない」

確かにその通りだろう。そうでなければ、休日をつぶして町田まで来た甲斐《かい》がない。

「わかりました」わたしはベンチから立ち上がった。「もう、行くしかないのよね」

「そういうこと。とにかく、晶子さんの家よりはまだいいと思うよ。とにかく、会うだけ会ってくれるって言うんだから」

「またそんなこと言って」

わたしはベンチに座り直した。本当に頭がくらくらしてきたのだ。

「家《うち》のことはあたしが何とかするから。今日のことは児島くんが何とかしてよね」

「できる限りのフォローはしますよ」

「マジで言ってんの」

「いや、だからおれもマジで答えてますって」とにかく行こう、と児島くんがわたしの手を引いた。「あんまり遅れると、印象悪くなっちゃうからさ」

わたしは反射的に立ち上がった。第一印象が大事なのはどんな場合においてもそうだ。時間にだらしない女とは思われたくなかった。

「うん、行こう」

「やっとその気になってくれましたか」児島くんが歩き出した。「ホント、マジで疲れるね」

「何か言った？」

いいえ、何にも、という答えが返ってきた。わたしたちはそのまましばらく黙って歩き続けた。

2

児島くんの家は町田の駅から歩いて十分ほどのところにあった。

実は、わたしは一度彼の家に来ている。ご両親にもあいさつはしていた。ただ、その時は勢いで来てしまったのであまり恐怖感はなかったのだけれど、今回は約束をした上で来ているので、逆にちょっと怖かった。

「この服でよかったかな」

「大丈夫大丈夫」

「メイク、きつすぎない？」

「大丈夫大丈夫」

児島くんは何を言っても大丈夫、としか答えてくれなかった。真面目に考えているのだろうか、今日のことを。

「考えてますよ」

「本当に？」

「真剣に考えてますって」児島くんが笑った。「晶子は考え過ぎだって。うちのオフクロとかバーチャンとか、悪い人じゃないって。おれはそれを知ってるから、わりと楽観的なのよ」

「なのよ、じゃないわよ。わたしの立場も考えてみてよ」

「考えてるって」

そうなのだろうか。とても考えてるとは思えなかった。

「いや、そりゃ偏見ですって。ていうかさ、おれまで緊張しちゃったらどうすんのよって話で。晶子さんが不安になるのは仕方のないことだと思うし、当然だと思うよ。だからこそ、逆におれはリラックスしてないとさ、ガチガチ同士じゃ話になんないでしょ？」

おっしゃっていることはよくわかる。よくわかるけれども、わたしの不安を解消してはくれなかった。というより、むしろ倍増させるようなところもあった。

「ねえ児島くん。あたし、あなたのお姉さんと妹さんのこと、何て呼べばいいの？」

お母さんとお祖母《ばあ》さんについては、聞くまでもなかった。お母さま、お祖母さま、と呼ぶしかない。でも義姉は？　義妹は？

「姉貴は、由紀《ゆき》っていうんだ」児島くんが宙に字を書いた。「妹はみどり。全部ひらがななんだよ」

「じゃあ、由紀さん、みどりさんでいいわけ？」

「難しいところですな」

児島くんが頭をひねった。お姉さんの由紀さんは今年二十九歳になるそうだ。つまり、わたしより九歳下ということになる。そして妹のみどりさんは今二十一歳で、来月の誕生日に二十二歳を迎えることになるという。

「児島くんは二人のことを何て呼んでるの？」

「姉貴の方はねーさん、とか、そんな感じかな。妹の方は名前でみどりって呼んでる」

「二人は児島君のことを何て呼ぶの？」

「ねーさんは達郎って呼ぶよ。みどりの方は達兄ちゃんって呼ぶ場合が多いね」

「あたしはあなたのことを何て呼べばいいの？」

「好きに呼んでよ。いつもみたいに児島くんでいいんじゃないの？」

いや、それは失礼だろう。わたしが今から会いに行くのは児島家の人たちだ。その人たちの前で、彼のことを児島くんなどと呼ぶことはできない。

「じゃあ、どうする？」

「そんなふうに呼んだことないけど……達郎さんって呼ぶわ」

達郎さんね、と児島くんが笑った。

「いや、いいんじゃないの？　確かにおれは達郎だしね。だけど大丈夫？　言い慣れてないから、舌をかんだりしない？」

達郎さん、達郎さん、とわたしは何度か口の中で繰り返してみた。意外な発見だったが、これはこれで落ち着く感じがした。少なくとも、わたしの中で悪い響きではなかった。

ただ、呼び慣れてはいないので、なんとなくどこかくすぐったい感じもしたけれど、これはこれでしょうがない。今日一日は達郎さんで通すしかないだろう。

「ですよね、達郎さん」

「まあ、そういうことになりますかね」

さて、と児島くんが角を曲がった。わたしも一度しか来てはいなかったけれど、見覚えのある風景が目の前にあった。

「我が家でございます」

ちょっとおどけたように児島くんが言った。わかってる、とわたしは答えた。

「というわけで、インターホンを押したいんですが、心の準備はいいですか？」

「……オッケーです」

わたしは低い声で答えた。それでは、と児島くんがインターホンのボタンを押した。はい、児島です、という返事があった。

「おれ」

児島くんが短く言った。何か笑い声みたいな声がインターホンから伝わってきた。そしてすぐにドアが開いた。

顔をのぞかせたのはまだ若い女の子だった。間違いなく妹のみどりちゃんなのだろう。

「いらっしゃいませ」みどりちゃんが笑いをこらえながら言った。「どうぞ、お入りください」

「何だ、お前。そんな妙な言葉使って」

「お入りください」

みどりちゃんが同じ言葉を繰り返した。言われなくても入るよ、と児島くんが靴を脱いだ。

「晶子さんも入ってよ」

「……」

緊張のあまり口が乾いてうまく声が出せなかった。ようやく、はい、とだけ答えてわたしもパンプスを脱いだ。

「お母さーん、達兄ちゃん来たよ」

玄関先でみどりちゃんが叫んだ。はいはい、という声と共に玄関から見て奥の方にあった襖《ふすま》が開いた。そこに立っていたのは、前に一度だけ会ったことのある児島くんのお母さんだった。

「いらっしゃい」

「すみません、突然お邪魔してしまいまして」

本当は全然突然ではなかったのだけれど、わたしは何となくそう言ってしまった。どうぞ、とお母さんが言った。

3

通されたのは居間だった。児島くんに押されるようにしてそこへ入っていくと、二人の女性が並んでいた。

テーブルの一番左に座っているのは児島くんのお祖母さんなのだろう。そしてその隣のちょっとキャリアウーマン然とした女性が、児島くんのお姉さんということになる。

「まあ、何だね」半眼のまま座っていたお祖母さんがいきなり口を開いた。「座りなさいよ。古いけど、広いだけがとりえだからね、この家は」

そこだよ、と大きなテーブルの反対側を指さした。バーチャンが座れっていうんなら、と児島くんがわたしを引っ張って席についた。

「これでいいかい?」

「いいよ」

児島くんのお祖母さんは波子《なみこ》さんといって、お父さんのお母さんにあたるそうだ。今年で八十歳ということだが、なるほどわたしの父の言う通りで、父にとって児島くんは孫も同然の年齢だった。

「美香《みか》さん」お祖母さんがひと声叫んだ。「お茶」

はいはい、と気の良さそうな笑みを浮かべながら、児島くんのお母さんが出てきた。

「今、用意してますから」

「手伝おうか」

お姉さんの由紀さんが言った。いいわよ、とお母さんが言って、またキッチンの方へ引っこんだ。末席では妹のみどりちゃんが好奇心をむき出しにした目でわたしのことを見ていた。

「わたし、手伝います」

座っているのがいたたまれなくなったわたしは立ち上がろうとした。客は客だよ、とお祖母さんが言った。

「あんたも今日は客なんだから、黙《だま》って座っていればいいさ。座って、あたしたちと話をするのが今日のあんたの仕事だよ」

はい、とわたしは座り直した。なるほど、かなり前、児島くんと初めて会った頃、児島くんが自分の家族の話をしたことがあったが、確かに言う通りだった。この家を仕切っているのは、ある意味このパワフルなお祖母ちゃんだ。

「達郎、紹介しなさい。あんたのお客さんなんだよ」

「川村晶子さん」児島くんが答えた。「銘和乳業って会社、バーチャンも聞いたことぐらいあるだろ？　あそこの宣伝部に勤めてるんだ」

「知ってますよ」お祖母さんが言った。「銘和は大きな会社だからね」

「そりゃよかった。説明する手間がはぶけたよ」

「それで？　紹介はそれだけかい？」

「宣伝課長をしてるんだよ」

「ふうん」みどりちゃんがうなずいた。「お姉ちゃんと一緒だね」

お姉ちゃん、つまり由紀さんは銀座にある有名な化粧品会社光聖堂で宣伝課長代理を務めているという。若いのに、ずいぶんしっかりした肩書きだ。

「うちの会社はね、ちょっとでも隙《すき》があると、すぐ課長補佐とか部長代理とかにしちゃうのよ」由紀さんが言った。「肩書き与えれば、社員が喜ぶと思ってるんだから、あの会社は」

「あたしはねえ、児島みどりって言うんだけど、女子大生やらせてもらってます」

みどりちゃんがさらりと言った。この子がムードメーカーであることは明らかだった。

「勉強、してんのか?」

「まあまあ達兄ちゃん、そう硬いこと言わないで」

みどりちゃんがぺろりと舌を出した。そうじゃなくて、とお祖母さんがテーブルを叩いた。

「もっと詳しい話を聞かせなさいよ」

「だからいいじゃないの」児島くんが言った。「銘和乳業の宣伝課長だって」

「そうじゃないだろう。もっと他に言うべきことがあるんじゃないのかい?」

「あの……」わたしはおそるおそる聞いてみた。「それはつまり、年齢とかそういうことでしょうか」

「そういうことも含まれますよ、もちろん」

仕方がない。わたしは大きくひとつ息を吐いた。

「今、三十八歳です」

「達郎、お前は?」

「二十四だよ」

おや、そうかい、とお祖母さんが言ったところで、お母さんがトレイにティーカップを載せて入ってきたので会話が中断された。

「紅茶でよかったかしら」

お母さんが尋ねてきた。はい、とわたしは答えた。紅茶でも泥水でも、この際何でも同じだ、と思いながら。

4

出てきたのは紅茶とクッキー、それだけだった。あまりごちゃごちゃしていないところが、わたしとしてはありがたかった。

お客さんが来る、しかも息子のガールフレンドが来る、ということになると、大騒ぎしてケーキやアイスクリームを揃《そろ》えたり、コーヒー、紅茶、ジュース、といろんなものを用意する家もあるけれど、わたしは個人的にあまりそういうのが好きではなかった。自然体でいたい、というとちょっと大げさ過ぎるかもしれないが、要するにそういうことだ。

「親父は?」

児島くんが聞いた。確かに、お父さんの姿は見えなかった。

「パチンコ行ってくるって、昼前に出てったけどね」お祖母さんが紅茶を飲みながら言った。

「午後には帰るようなこと言ってたけど、あれもいいかげんな男だからねえ」

パチンコ。冗談じゃない。この中で唯一わたしと児島くんの味方であることを宣言しているのはお父さんだけで、そのお父さんがこの場にいないというのは非常に困る事態だった。

「まあ、そのうち帰ってくるだろうさ」

そうそう、と残りの三人の女性陣がうなずいた。そうそうって言われても。

「そんなことより、川村さんの話が聞きたいわ」由紀さんが言った。「今、三十八歳なんですよね？」

「はい……そうです」

「達郎はですね、二十四なんですよ。つまり十四歳も年が離れているってことね」

「いいじゃゃん、姉貴、そんなの」

あんたは黙ってなさい、と由紀さんが目で威嚇《いかく》した。

「しかも女性であるあなたの方が年上。どうなんですか、おつきあいは。順調なんですか？」

「順調だから、こうやってあいさつに来てるんじゃないの」

「だから、あんたは少し黙ってなさい」

何か言おうとした児島くんの前で、お祖母さんが音をたてて紅茶をすすった。どういうわけか児島くんが黙ってしまった。

「どうなんですか？　順調なんですか？」

「……順調だと思います」

思った通りにわたしは答えた。児島くんの言う通りで、うまくいっていなければわざわざ彼の家まで来るはずもないだろう。

「そうですか。だったらいいんですけど」

由紀さんが言った。その言い方で、内心弟とわたしがつきあっていることを喜んでいないことがわかった。

女同士はこういう時、心のアンテナを張るのが速い。何を考えているのか、だいたいのことはわかってしまうものだ。

おそらく、由紀さんにとって児島くんは大事な弟なのだろう。子供の頃は、お母さんやお祖母さんの代わりに子守りをしたこともあったのかもしれない。そんな児島くんを十四歳も年上の女が奪っていくのが、ちょっと不満なのではないか。

これが、もっと年齢が近いとかそういうことであれば、まあ仕方がないということにもなるだろうし、だいたい結婚というところまで話が進んだかどうかもわからない。今、児島くんとわたしが焦っているのは、わたしの年齢が年齢なので、結婚を前提に話を進めていかなければならないからだ。

そしてそのためにはお互いの家族の了解を取りつけなければならないことが、今のわたしたちにはよくわかっていた。成人してるんだから、勝手に結婚でも何でもしちゃえばいいじゃんというのはその通りだが、やはりせめて家族の了解はとっておきたいのが人情というものだ。

そういうわけで、わたしたちはまず第一関門である児島家を訪れたのだが、唯一の味方であるはずのお父さんはいないわ、お祖母さん、お母さん、お姉さん、妹と女ばかりのフォーカードが揃っているわで、ひたすら形勢は悪かった。何とかしてこの泥沼からはい出なければと思うものの、心ばかりが焦って体がついてこない状態だ。

それからも、一進一退の攻防が続いた。基本的に話を進めていくのは由紀さんの役割で、要所要所でお祖母さんが鋭い質問をかぶせてくる。息子が騙《だま》されているんじゃないかとお母さんの顔にははっきりと書かれており、妹はそんなみんなを面白そうに見守っている、という図式が続いた。

時々、児島くんが思い出したように反撃を試みるのだが、だいたいにおいてそれは無駄だった。例えば、年齢の話の時もそうだった。

これはお母さんの方から出た話なのだが、正直なところ十四歳も年上の人とつきあっているというのを聞いて驚いている、というような話になった。これは予想されていた発言だったので、児島くんが年齢とかは関係なくオレは彼女とつきあってるの、と見得を切った。

するとお祖母さんがいきなり、達郎、お前はマザコンだったのかい、と言い出したのだ。そのひと言ですべてが終わりになってしまった。マザコンってお祖母ちゃん、そこまで歳は離れてないってば。

でも、だいたいにおいてそんな感じだった。決して歓迎されているわけではないことを、わたしは改めて実感していた。

5

質疑応答は夕方まで続いた。正確に言えば午後四時半までだ。そんなに長居するつもりはなかったのだけれど、とにかく女が四人もいると姦《かしま》しいを飛び越えて本当にうるさい。細かい話まですぐつっこんでくるので、こっちも気を抜けなかった。

約三時間も児島家にいたのは、お父さんがいつ帰ってくるかわからなかったからだ。わたしと児島くんの当初の計画では、さらっと好印象を残しつつ、あとはお父さんのフォロー待ち、ということになっていたのだけれど、そのお父さんがいないのだから最悪だ。どうにもならなかった。

わたしたちは児島くんの家を出てから、町田の駅前にある喫茶店に入った。疲れました、とわたしはこぼした。本当に疲れていた。

「ごめんね、晶子さん」児島くんが言った。「まったく、親父の奴、どこで何をしてるんだか」

「そうだよ、児島くん」わたしも肩をがっくり落としながら言った。「お父さん、いるはずじゃなかったの?」

「そのはずだったんだけどなあ」

「しかもパチンコって」わたしは思わず笑ってしまった。「息子が交際相手を連れてくるっていうその日にパチンコって何よ」

「いや、ゴメン。ホントに申し訳ない」

児島くんがひたすらに謝った。謝られても、児島くんのせいじゃないんだから、仕方がないと思うのだけれど。

「いや、マジで。情けないよ、息子として」

「まあ、そんなことはないと思うけど」

いいや、と児島くんが首を振った。

「目に浮かぶよ。親父のことだ。どうせ大当たりが何度も続いて、おれたちのことなんか頭から飛んじゃったんだと思うな。今頃、ホクホク顔でパチンコ打ってると思うよ」

「忘れられちゃうのって、何か哀《かな》しいね」

「いや、ホントにゴメン。申し訳ない」

児島くんが深く頭を垂れた。いや、そんなことしてもらっても、どうにもならないのだけれど。

「また来ないとダメだね」

「そうだね……今度は必ず親父にちゃんといるように強く言っておくからさ」

そうしてほしいものだ。今日の印象から言っても、女性陣たちは決してわたしのことを喜んで児島家に迎え入れようとはしていないと思った。ここはお父さんのフォローが必要だろう。

「お母さんとか、わたしのことどう思ったかな」

わたしは聞いてみた。いや、けっこう好印象だったんじゃないの、というのが児島くんの答えだった。

「思っていたより、全然晶子さんのことを受け入れる感じだったと思うよ」

「そうかな」

「そうさ。結構、話にも入ってきてただろ?」

それは確かにその通りだった。一番話していたのはお祖母さんだったけれど、お母さんもいろいろ話してくれていた。

「お祖母さまとか、児島姉妹はどうなのよ」

「そりゃわかんねえなあ」児島くんが大きく伸びをした。「ただ、あんだけバーチャンもいろいろ話してるところを見ると、決して悪い印象を持ってるわけじゃないと思うよ」

「お姉さんは？」

児島くんがちょっと黙った。それが答えだった。

「姉貴はさ、けっこう面倒見がいいのよ、小さい頃から。おれもみどりも、極端に言えば姉貴に育てられたようなところがあってさ。それを横から、しかも自分より年上の女が持っていこうとしてると思っているなら、あんまりいい気分じゃなかっただろうな」

「みどりちゃんは？」

「みどりはまだガキだからね、兄貴の連れてきた女ってのがどんなものか、興味本位で見てただけだと思うよ」

「どっちにしても小姑《じゅうと》が多いってことね」

わたしはため息をついた。兄貴がいてくれればな、と児島くんが言った。

「兄貴ならさ、ちょっと変わってる男だけど、逆にだからこそおれたちのこともすぐに認めてくれたと思うんだ。姉貴もオフクロも、兄貴には一目置いてるっていうか、そういうところあるからさ、もうちょっといろいろ話がスムーズに進んだかもしれない」

「お兄さん、今どこにいるんだっけ」

「たぶん上海《シャンハイ》だと思う」

児島くんのお兄さんはコックさんで、今、中国で修業中だという。上海にいるお兄さんを引っ張ってくるわけにもいかないだろう。

「まあでも、結局は親父なんだけどね」児島くんがぼそぼそとつぶやいた。「親父さえちゃんといてくれれば、今日だってそんなねえ、あんな風に質問大会みたいにはならなかったと思うわけですよ、これが」

「うん」

「それがねえ、パチンコっていうんじゃ、話にもならないよ」

まったくその通りだ。でも、そうとは言えなかった。代わりにわたしは手を挙げて、コーヒーのお代わりを頼んだ。

6

この時期、わたしは児島くん問題だけを抱えこんでいたわけではない。会社では会社なりの問題があった。問題というとちょっと後ろ向きの発言に聞こえるかもしれないけれど、やはりこれは問題だった。

早い話、大ヒット商品〝モナ〟について、わたしが属している宣伝部と、直接販売に関《かか》わっている販売部の間で、今後の方針をめぐって大きな対立が起きていたのだ。

これは前の販売部長の時もそうだったけれど、この四月から新しく販売部長になった安西《あんざい》部長の性格によるところが大きかった。

だいたい、どこの会社でもそういう傾向はあると思うのだけれど、販売部は拡大路線を取りたがる。決して悪いことではないと思うけれども、時として現実を無視して突っ走ってしまい、後の始末が大変、ということになる場合も多い。

今回がまさにそうだった。安西部長は〝モナ〟の商品バリエーションを今までのようにマンゴー、ピーチ、ティラミス、チーズケーキという四種類だけではなく、その倍以上に増やすことを商品開発部に要求した。その上で、〝モナ〟売り上げ倍増計画というものを立ち上げたのだ。

それに対し、我が宣伝部は秋山《あきやま》宣伝部長を筆頭に、全員が大反対した。売り上げ倍増計画と言われても、それに対応するだけの予算、人員がない、というのがその理由だった。もちろんこれはある意味言い訳で、そんなに売れるはずがない、というのがわたしたちの本音だった。

〝モナ〟は確かに売れている。予想以上どころか、予想の倍以上売れていると言ってもいい。だが、安西部長の考えは、更にその倍の売り上げを狙《ねら》うというものだった。

前向きなのは決して悪いことではないと思うが、もう少し現実を見てほしい、というのが秋山部長の意見だった。わたしもそう思う。

もともと〝モナ〟は月産十万本をひとつの目安として始められたプロジェクトだった。これ自体、目標数値としてはかなり高いと誰もが思ったほどだ。

ところが、予想以上の売れ行きで欠品騒ぎが起きるなど、販売当初から大混乱が続いた。銘和乳業は急遽《きゅうきょ》生産ラインを増やし、月産二十万本まで対応できるようにした。それが現状だ。そして、今のところ欠品のような事態は起きていない。つまり、今が適正な状態なのだ、というのが秋山部長の意見だった。月産四十万本はとても無理だ、という見通しもあった。だが、安西部長は納得しなかった。

「そんな弱気でどないすんねん」

販売部と宣伝部の部課長会議で、安西部長が言った。ちなみに、安西部長は大阪支社からこの四月に東京本社に戻ってきたため、もともと関西出身ではないが関西弁で話す。

「強気弱気の問題じゃないですよ。現実論を言ってるんです」

秋山部長は正論家であり、現実を真正面から見すえて意見を述べる。大風呂敷《おおぶろしき》を広げないのはいつものことだった。

「現実ではこれ以上広告費も出せません。マンパワーも不足しています。だいたい、今の倍にした場合、一番困るのはむしろ販売部の方じゃないですか？」

「そんなことないやろ。やればできるって」

そして安西部長は、精神論の人だった。この二人がいくら話しあっても、意見は絶対に一致しないだろう、というのがわたしたち課長クラスの予想であり判断でもあった。

そして実際その通りになった。秋山、安西両部長共にまったく譲るそぶりさえ見せず、それぞれの意見を相手に押し付けようとしたのだ。面倒なことになった、と思ったのはわたしだけではないだろう。

両部の意見としては、秋山部長の論が正しい、という暗黙の了解があった。というのも、まず〝モナ〟が宣伝部の提案から生まれたという実際上の理由があったことと、もうひとつ、安西部長はまだ東京本社に着任したばかりで現状がよくわかっていないはずだ、というのが全員の意見だった。

これは実際その通りで〝モナ〟が生まれたのは、宣伝部員たちの雑談を聞いていた秋山部長が思いついたからだ。これは会社としてもはっきりと珍しい例だったが、すべてが宣伝部主導のもと進められていた。テレビコマーシャル〝きっかけはモナ〟編は業界でも高い評価を受けていたし、〝モナ〟の大ヒットについてその後社長賞も出ていたが、これについても宣伝部がその対象となっていた。

つまり、他の商品はともかくとして、〝モナ〟に関してだけ言えば宣伝部がこれまで直轄して管理してきたと言っても過言ではない。それを考えただけでも、販売部は宣伝部の下とは言わないけれど、宣伝部の動きをヘルプする役回りをするべきだった。

ただ、安西部長はその点で空気の読めない人だった。安西部長の理屈はこうだ。確かに、商品開発の発端は宣伝部だったのだろう。そして、ここまで商品価値を高めてきたのも宣伝部の功績だ。

だが、これからは違う。販売部が前に立って道を切り開いていかなければ、これ以上の販売増は見込めない。業界用語で言うところの〝売り損じ〟を防ぐためにも、目標は大きくした方がいい。それが安西部長の言い分だった。

確かに、それはそうなのかもしれない。販売部は販売に関するプロフェッショナル集団だ。その代表たる部長がそういう自説を主張している以上、それに従うべきなのかもしれなかった。

ただ、秋山部長の考え方は違っていた。ここで売り上げ目標を倍にすることは簡単だ。だが、それをやってしまえば短期的な目で見る限り大ヒットとなるだろうが、長期的な目で見ると一過性のブーム商品として終わってしまうという懸念があった。

秋山部長、そして宣伝部の考え方として一貫していたのは、〝モナ〟を一発屋のブーム商品にするのではなく、今後、銘和乳業という会社を支える一本の柱にすること、つまりロングセラー商品にすることが目標だったのだから、意見が合うはずなどなかった。

議論は果てしなくどこまでも続き、いつ終わるとも知れなかった。これ以上長引くと今後に禍根を残す、と考えたのは、秋山部長、安西部長、どちらが先だったのだろうか。

さすがにその辺は二人とも大人だった。これ以上議論が続けば、互いにサラリーマンとして今後やりにくくなるだろうという判断から、二人の部長は宣伝部、販売部、それぞれの課長たちに対し、大至急レポートをまとめるように指示した。

つまり、下の意見を取り入れるという形で、今後の戦略を決めるということだ。いわゆるボトムアップスタイルで方針を決定することを二人の部長は共に選んだ。そうでもしないことには、二人とも共倒れになってしまうからだ。

気持ちはよくわかるが、命じられたわたしたちは頭を抱えざるを得なくなっていた。お互いに、それぞれボスがいる。そしてボスの意見と立場ははっきりしている。そのボスの言い分を取り入れながら、互いのボスを傷つけないようにする、というのは非常に面倒な作業だった。

まず、下交渉というわけではないけれど、販売部の方から二倍はともかくとして、一・五倍を目標値にしてはどうか、という提案があった。よくある話で、間を取った、というやつだ。つまり現状の二十万本を四十万本にするという要求を引っこめる代わりに、間を取って三十万本ということではどうだろうかという意見だ。

普通の商品なら、わたしたち宣伝部もそれで手を打っていただろう。だが、わたしたちに対して秋山部長は強いプレッシャーをかけていた。

ロングセラー商品とするためには市場に飢餓感を与えるようにしなければならない。それには、現状の二十万本ですら多すぎるぐらいだ、というのが秋山部長の信念だった。

わたしたちがその意向を販売部に伝えると、向こうは向こうで脅しをかけてきた。同じ会社の中で脅しも何もないのだが、要するに結論が出ないようであれば役員決裁ということになる、ということだ。

販売担当役員、宣伝担当役員それぞれが表に出て、これまた同じような議論をしなければならなくなるということで、しかも双方の担当役員が出てくるということは、どちらかが倒れるまでこの話は終わらなくなってしまう。

そして負けた方は今後いろいろな意味で大きな傷を与えられることになるだろう。そして、当然のことながら下に対して強いプレッシャーをかけてくるのは目に見えていた。販売部にとってもリスクを伴うが、脅しをかけてきたというのはそういう意味だ。

役員を出すというのは最後の手段だ、と秋山部長はわたしたちに対して言った。可能な限り、下で決めた意見を上へ上げる方が正しいというのが秋山部長の言い分だった。

秋山部長は今月、つまり六月の終わりに部の執行役員になることが決まっていた。それもあって、役員に話を上げるというのを避けたがっている気持ちはよくわかった。

とはいえ、これ以上どうすればいいのか、わたしたちにはわからなかった。おそらく、これからも互いの腹を探り合い、他部署を巻き込む形で根回しを進め、どうにかして自分たちの意見を通そうとするだろう。

正直なところ、わたしはこの根回しという作業が非常に苦手で、しかも下手だった。それでもやってもらわなければならない、というのが秋山部長の命令だった。

どうやら、今年はわたしにとって厄年らしい。児島くんとのこと、会社での仕事、どちらもわたしの手に余ることばかりだった。どうしていいのかわからないまま、あっという間に数週間が過ぎていた。

業務について

1

この時期、わたしは確かに多忙だった。会社の仕事、プライベート。両方ともに即断即決しなければならないことが山のようにあった。にもかかわらず、どちらもまったくと言っていいほど解決策は見つからなかった。

まず仕事の方だが、〝モナ〟売り上げ倍増を目指す販売部との闘いは更に激化していた。一度、販売部の方から〝間を取って〟目標値を三十万本にしようという提案があったのだが、それをわたしたち宣伝部、というより秋山執行役員兼部長が一蹴《いっしゅう》したことから、争いは激しくなっていた。

販売部の安西部長は最大限の譲歩ということで、課長たちから上がってきたこの提案にOKを出したのだが、それを断られたことで感情的になり、結局目標は元の四十万本に戻ってしまった。

正直なところ、わたしとしてはこの〝間を取った〟三十万本で手を打つべきだと思っていた。だが秋山宣伝部長は頑《がん》としてそれに応じず、二十万本態勢のまま行くことをわたしたち課長クラスに命じていた。

このままでは役員会議に持ちこまれてしまう。そしてどっちが勝ったにせよ、お互いのモチベーションが低くなることは目に見えていた。

争っても何の意味もないことをお互いによくわかっていながら、あそこまで頑《かたく》なに態度を変えなかったのは、やはり男の意地というものなのだろうか。女であるわたしにはよくわからない。

とにかく、事態は混迷化していく一方だった。どうしていいのかわからないのは宣伝部も販売部も同じであり、打開策は見つからなかったと言っていい。ただし、なるべく早急に事態を解決しなければならない、ということだけはお互いによくわかっていた。

これはプライベートでも同じで、わたしとわたしの親との間の話し合いは一向に進んでいなかった。母は一応は聞いてくれるのだが、父は取りつく島がなかった。母とわたしは、これを〝児島くん問題〟と呼び、その解決に取り組んでいたけれど、何の進展も見られなかった。

こちらもまた、なるべく早い問題の解決が望まれていたけれど、動きはなかった。むしろ、その話になると父親が交渉決裂とばかりに二階の自分の部屋に引っ込んでしまうので、その問題を議論することもできないような状態だった。

会社でも家でも同じような悩みを抱えていると、体に変調を来たすものだ。わたしの場合は肌荒れがひどくなり、もうひとつ不思議なことに髪の毛というか頭がかゆくなってそのかゆみが止まらなくなってしまった。医者にも行ったが、おそらくは心因性のものでしょうというおざなりな診断を受けただけだった。

心の悩みだというのは自分でもわかってる。それを何とかしてほしいと思っているのに、医者はそんなことは自分の責任ではないような顔をするだけだった。

まったく、誰も頼りにならない。そんなことを考えているうちに日ばかりが経っていき、気がつけば七月になっていた。七月。時の経つのは何て早いのだろう、と思いながらわたしは毎日会社に通っていた。

2

母から電話があったのは、七月一日の夜のことだった。前から父に児島くんのことを紹介するための調整を頼んでいたのだけれど、交渉は不調に終わった、という連絡だった。

「もうね、晶子。全然駄目。お父さん、話も聞いてくれないの」

「そう」

わたしは答えた。予想していたことだったから驚きはしなかった。むしろ、じゃあ会ってみるか、と言われた方がびっくりしていただろう。

とはいえ、交渉の席にも着いてくれないという現実はわたしが予想していた以上に重い事実だった。

「母さんもね、いろいろ口説いてはみたのよ」

「本当に?」

「本当よ」憮然《ぶぜん》とした口調で母が言った。「それこそ手を替え品を替え、なだめたりすかしたり。でも、本当にお父さん、聞く耳を持たないみたいな感じで」

「そっかあ……」

「それにね、晶子」母の言い方が愚痴《ぐち》っぽくなっていた。「お母さんだってね、その……児島さん？　その人とのおつきあいに、賛成ってわけじゃないのよ。もちろん、もうあなたは十分大人だから、反対したってどうしようもないとは思うけど」

「待ってよ、母さん」わたしは慌てて言った。「母さんまでお父さんの側につくわけ？」

「どっちの側につくとか、そういう問題じゃないの。お母さんが言ってるのは、ちゃんと現実を見つめなさいってこと」

「現実？」

「年齢の話よ。前にも言ったかもしれないけど、あなたの方が児島さんて方より十四も上なのよ」

「そんなこと、今さら言われなくてもわかってるわよ」

「わかってないと思うわ」母がため息をついた。「そりゃあね、あたしたちの頃と時代が違ってるのはわかりますよ。女の方が年上のカップルが増えているってことも、あたしはわかってるつもり。でもね、十四歳っていうのはねえ……」

またいつもの不毛なループが始まりそうになったので、わたしは話を無理やり元に戻した。

「お父さん、どんな感じなの？」

「別に。いつも通りよ」

「そうじゃなくて、あたしと児島くんのこと」

「だからさっき言ったじゃないの。もう取りつく島もないって」

「全然？　一パーセントも？」

「マイナス以下よ」

大変に困った。父は長女であるわたしに対し、かなり甘いところもあったのだが、今回ばかりはそれが裏目に出てしまっているのかもしれない。

「ちょっと聞いてるの？　晶子」

「え、何？」

「だからね、お母さんもお父さんの言ってることわかるのよ。十四歳下っていうのはね、あんたが四十になった時、児島さんは二十六歳ってことなのよ」

「そんなの、当たり前じゃない」

簡単な算数の問題だ。四十マイナス十四イコール二十六。小学生でもできる計算だろう。

「もっと先のことも考えてちょうだい。あなたが五十歳になった時、児島さんは三十六歳なのよ。それはつまり、男の人としては、一番男盛りというか、サラリーマンとしても脂が乗ってきて、仕事とかも面白くなる時期ってことなの。わかる？」

「わかるよ」

「それにひきかえ、女も五十になるといろいろ大変なのよ。今のあなたにはわからないことだろうけど」

「更年期とか？」

まあ、そういうことも含めてよ、と母が小さな声で言った。

「とにかくね、お父さんじゃないけど、やっぱりもう一回あなたもちゃんと考えた方がいいと思うの。ちゃんと現実を見すえて、しっかり地に足つけて」

「だってしょうがないじゃない。年齢のことはいくら頑張ったって差が縮むわけじゃないんだし」

「だからこそ、もっと冷静になって考えなさいって言ってるの」

「それに、児島くんだってそれでいい、って言ってくれてるんだよ」

「今はいいのよ。今はそういう時期だから。しばらく経ってごらん、児島さんだって気が変わることもあるんだから」

それから十分ほど母のくどくどしい話が続いた。要するにもっと慎重になって、現実を考えなさいということだ。

そんなことはわかっている。でも、わたしたちは今のわたしたちの状態に満足しているのだ。例えば、男性が女性より三歳とか五歳年上というのが一番ベストだというのはわかるが、そんなカップルだって別れる時には別れてしまう。リスクは平等なのだ。でも、それを言っても母はうなずかなかった。

「もっとよく考えなさい」

それが母からの最後の言葉だった。正直言って、ブルーになった。

3

その母からの電話を受けて、わたしは児島くんに連絡を入れて状況を報告した。つまり、父が会いたくないと言っていることについてだ。

「そうすか」

児島くんの反応はあっさりしたものだった。もっとも、それも当然のことだったかもしれない。

半月前から父とは断交状態が続いている。いきなり態度が急変することなどありえなかった。

「ゴメンね、父親、ガンコで」

「いや、そんなことないよ」

「そんなことあるよ。だって児島くんのお母さんは、基本的にあたしとのつきあいをあんまり良くは思っていないわけでしょ？　だけど、この前会うだけは会ってくれた。とにかく、冷静に様子を見よう、という気持ちだけは間違いなく伝わったよ。それに引きかえ、うちの父親ときたら」

「そんなに自虐的にならないでよ。子供もいろいろ、親もいろいろだって。それに、うちは兄貴みたいな変人が出てくる家系だからね、多少普通の家よりは間口が広いっていうか」

「それはまあ、そうかもしれないけど。でもやっぱりうちの父は了見が狭いって思った」

「まあしょうがないって。あんまり焦《あせ》っても何だから、ここはゆっくり攻めていこうよ」

「うん」

児島くんの思いやりが伝わってきて、ちょっと胸の中があったかくなった。そんなことより、と児島くんが言った。

「最近、あんまり会えてないような気がするんですけど」

「ホントだねえ」

これもまたわたしの責任によるところが大きかった。ここのところ、例の〝モナ〟売り上げ倍増計画の件で、わたしは土曜日も出社することが多くなっていた。そのしわよせを喰《く》う形で、わたしと児島くんが二人だけで会う機会はめっきり減っていたのだ。

「ゴメン。もうちょっとしたら〝モナ〟問題も決着がつくはずだから。そうしたら、少しは時間ができると思う」

「時間を作ってほしいものです。別にこっちも高校生とかじゃないから、毎日会いたいとか、メール送ったら即レスしてほしいとか言うつもりはないけど、あんまり間が空いちゃうとさ、やっぱり不安になるじゃない」

「そうだけど」

「それに、時間って作れるところもあると思うんだよね」

「わかってる」

そんなことは児島くんに言われるまでもなく、百も承知の話だった。ただ今は、今だけはどうにもならないのも事実だった。

「もうちょっとだから。もうちょっとだけガマンして」

はいはい、という児島くんの声が聞こえた。それからしばらく話したけれど、何の解決策も見つからないまま、実りのない会話が続くだけだった。

4

翌日、会社へ行くと秋山執行役員兼部長に呼ばれた。いや、仕事に関してはやはり部長としてのウエートが大きかったから、ここは秋山部長の方がしっくりくる。秋山部長に呼ばれて、わたしは少しだけ緊張しながら会議室に向かった。

なぜ緊張したのかと言えば、実のところわたしと秋山部長は一時的にだが交際していた時期があったからだ。それも今年の春頃の話だ。

秋山部長はバツ一だったけれど、そんなことは関係なくわたしにアプローチを仕掛けてきた。率直なところ、秋山部長は仕事も有能だし、男性としての魅力も十分にある人だ。

普通なら、これ幸いとばかりにそのアプローチに乗っかり、場合によっては結婚まで考える人もいただろう。正直、わたしだってそれを考えていなかったといえば嘘になる。

ただ、わたしの場合はその寸前で、どういうわけか一度はふった形になっていた児島くんの元に戻ってしまった。あの時の急激な気持ちの変化は、未《いま》だに自分でもわからない。

更に言えば、秋山部長とだったらわたしの両親も一度は会ってくれただろうし、児島くんとの関係におけるようなトラブルが起きなかったであろうことも予測できた。にもかかわらず、わたしは児島くんを選んでいた。自分でも謎《なぞ》だ。

そんな経緯があったから、わたしは秋山部長と二人きりになるとつい緊張してしまうようになっていた。秋山部長は大人だから、仕事とプライベートはきっちり分けて考えてくれる人だとわかっていたけれど、それでも緊張してしまうのはどうしようもないことだった。

「まあ座って」秋山部長が言った。「話はそれからだ」

はい、と答えてわたしは部長と向かい合わせに座った。さっそくだけど、と部長が口を開いた。

「販売部にずいぶん押されてるみたいだね」

大田《おおた》に聞いたよ、と部長が言った。大田というのは宣伝部の課長の一人だ。

「押されてるわけじゃないんですけど……でも、確かに相当強硬なことは事実です」

「川村さんがそう言うんなら、そうなんだろうな」他の三人の課長は男だからさ、と秋山部長が言った。「なかなかそれを認めてくれないんだけど、川村さんはその辺ストレートに意見を聞くことができるからね」

このままだとどうなると思う？　と聞かれた。最悪の場合ですけど、とわたしは答えた。

「交渉があまりに長引くようだと、販売部は断交を宣告してくると思います」

ああ、ここでも断交だ。もしかしたらわたしがいるところではすべての交渉がうまくいかなくなるのかもしれない。

「それでどうなる？」

「販売部の課長たちがレポート作成の準備に取りかかってるという話を聞きました。彼らはそれを安西部長に上げるでしょう」

「それで？」

「そのレポートをもとに、安西部長は販売担当役員に下駄《げた》を預けると思います。要するに、最終的には販売部と宣伝部の激突みたいなことになるんじゃないかとわたしは思っています」

それが一番困るんだよな、と秋山部長が舌打ちをした。

「そうなっちゃうと、互いに面子《メンツ》ってものがあるからさ、どっちも後に引けなくなっちゃうだろ？　そうすると、今後の販売部と宣伝部の間の協力態勢がうまくいかなくなるだろうからね。それは避けたいんだ」

わたしには秋山部長の言ってることがよくわかった。当初から部長が危惧《きぐ》していたのがそこだということもわかっていたつもりだ。

「だけど、だからと言って安易な妥協はできないし、したくない。何とかうまく説得したいんだけど、何か策はないかな」

「そんな……思いついていたら、即提案してます」

そりゃそうだよな、と秋山部長が笑った。

「そんなアイデアがあれば、誰も苦労はしないよな」

「だと思います」

参ったねえ、と部長が頭のうしろで両手を組んだ。

「向こうが焦ってるのもわかるんだ。もし本気で売り上げを倍増させるつもりなら、七月中には結論を出さなきゃならないからね。八月になったらすぐお盆だ。工場もフル稼働させられなくなる。売り上げを倍にするって言ったって、商品がなけりゃ話にならないからね」

「そうですね」

「まあ、だからこそ向こうも強い態度を崩さないんだろうけどさ。でも〝モナ〟はねえ、ちょっと普通の商品と違うからな」

普通の商品と違う、というのは宣伝部が主体となって開発されたという意味だ。イニシアチブは宣伝部が握っていることになっている。

「まあいい。とりあえず一週間待とう。それでも話が動かないようなら、ぼくが直接安西部長と話すしかないかもしれない」

正直言うと、そうしてほしかった。少なくとも問題の解決を下に押しつけるのは止めてほしいと思っていた。

ただ、部長同士にもやっぱりプライドというものがある。部同士の全面戦争を避けるために、まず下から交渉を進めていくというのは仕方のないところだった。

「とにかく話はわかった」部長が立ち上がった。「あと一週間、とりあえず向こうと協議してほしい」

わかりました、とうなずきながらわたしも立ち上がった。ところで、と部長が言った。

「彼とはうまくいってるの？」

わたしは部長と実質的には交際していたが、それを止めた理由を部長にははっきりとは言っていなかった。ただ、別の男性に魅かれているので、というような曖昧《あいまい》な説明をしただけだ。部長も、まさかその相手が児島くんだとは思っていないだろう。

「まあ、何とか」

「そりゃよかった」嫌味ではなく部長が言った。「プライベートが充実してないと、仕事にも身が入らないからね」

頑張ってくれよ、と部長がわたしの肩を叩いた。頑張ります、とわたしはうなずいた。

5

とにかく、とわたしは思った。会社もプライベートも同じだ。どこかで妥協点を見つけなければならない。問題はそれがどこなのかだった。

プライベートの方を先に考えると話がややこしくなるので、とりあえず仕事の方を優先させることにした。こんなことをしているから、児島くんにもうちょっと会う機会を増やしてほしいなど言われることになるのだが、これも成り行きだから仕方ない。さて、どこをどうしたものやら。

とりあえずわたしは販売部へ行き、一番話がわかってくれそうな長田《おさだ》という課長を捜した。長田課長はわたしより二年先輩だが、今までもけっこう宣伝部寄りの発言をしてくれていたからだ。

幸いなことに長田課長は席にいた。ちょっといいですか、と目で誘うと、何だい、と言ってついてきた。何だか不倫をしてるみたいだ、と我ながらおかしくなった。販売部の会議室が空いていたので、そこを使わせてもらうことにした。

「例の話かい?」

長田課長が席につくなりそう言った。そうです、とわたしはうなずいた。他に用などあるはずがない。

「実は、さっきうちの秋山部長に呼ばれました」

「うん」

「実態はどうなのか、と聞かれました」

「うん」

「ぶっちゃけて伺いますけど、やっぱり安西部長はまだ倍増計画にこだわってるんですか?」

三回目の〝うん〟を言いながら、長田課長が煙草を取り出した。社内は完全に禁煙なのだけれど、こういう場合は仕方がないだろう。幸い会議室には灰皿もあった。

「川村さんだからぶっちゃけるとね、うちの部長は相当モナ倍増計画にこだわってる」

「ああ、やっぱり」

そうですか、とわたしはうなずいた。そうなんだよ、と長田課長が煙草に火をつけた。

「ぶっちゃけついでに言うと、こっちの課長たちは、倍はどうかなと正直なところ思ってる。だけど、親分が倍、倍って言ってるからね。それに逆らうわけにもいかない」

「それは、そうでしょうね」

「こっちもね、そっちの言い分はわかってるつもりなんだ。モナに関してだけ言えば、宣伝部にイニシアチブがあることもよくわかっている。だけど、ねえ、ほら。安西部長は大阪が長かったから、そこんところが今いち伝わらないっていうか」

「はい」

「だけど、これもまたぶっちゃけ話だけどさ、そっちの親分もずいぶん頑固だよな」

「と言うのは？」

「最初の話し合いで、こっちからの提案として中を取って一・五倍でどうかって提案したわけじゃない？　だけど、軽く一蹴されただろ。正直、あれはどんなもんかね。アメリカ人じゃないんだし、同じ会社なんだから、もうちょっと検討するとか何とか、やりようがあったんじゃないの？」

言われてみればその通りだった。わたしたちは日本人なのだから、和をもって問題を考えなければならない。販売部の出してきた一・五倍案というのは、その意味で非常に日本人らしい解決策ではあったのだ。

ただ、その提案を秋山部長に伝えたところ、絶対に呑《の》めないという答えが返ってきたので、わたしたち宣伝部の課長たちは販売部の課長たちにそれを伝えていた。それがここまで事態を悪化させているのは、指摘されるまでもなかった。

「あの時はね、安西部長もおれたちの言うことを聞いてくれてたのよ。少なくとも、聞く耳は持ってたね。いきなり二倍というのは難しいと思うけれど、一・五倍だったら何とかなるって言ったら、それもそうかなって。だから、最初のボタンの掛け違いだよな。あそこで秋山さんがうんって言ってくれてりゃ、ここまで話は長くならなかったんだ」

「ですよね」

秋山部長にはモナに対するプライドのようなものがあった。これは部長らしくもないことなのだけれど、発案者の自分が言っているのだから、倍増計画なんてもってのほかだと意地になってしまったところもあるのかもしれない。それで販売部からの提案をはねのけてしまった。

安西部長は秋山部長より四つか五つ年が上だと聞いている。後輩が生意気なことを言うな、と安西部長は思ったのだろう。いわゆる、カチンときた状態になってしまった。そこからは意地の張り合いで、互いに一歩も動けないまま今に至っているというわけだ。

「あれはさ、正直言って秋山さんの判断ミスだったと思うわけよ、こっちとしては。違う部署の部長の悪口とか言いたくないけどね。川村さんたちだって、一・五倍案は検討の余地があると思ったでしょ?」

「正直言って、そうです」

「そこなんだよねえ。もう一回やり直せないかなって思うよ」

長田課長が苦笑した。わたしも笑うしかなかった。

「こっちもさ、川村さんに相談しようと思ってたのよ。ほら、宣伝部の課長の中で一番ニュートラルな考え方してるのって、川村さんじゃない。この際だからはっきり聞いておきたいんだけどさ、秋山部長は倍増計画なんて絶対無理だって思ってるわけ?」

「わたしたちには、いつもそう言っています。短期的な目で見るんじゃなくて、長期的なプランで考えろって。長い目で見たら、ロングセラー商品にした方が絶対にいいからって」

「川村さんはどう思うのよ」

「正論だと思います」

「それって立場の問題だよね」長田課長が煙草を灰皿に押し付けた。「こっちはこっちで、倍増計画は正論だと思ってるところもあるわけよ。今、モナは勢いに乗ってるわけじゃない？　その勢いに乗っかってさ、どこまで行けるのかわかんないけど、とにかく行けるところまで行ってみようって思う気持ち、わかんなくもないでしょ」

「わかります」

はあ、とわたしたちはため息をついた。お互いにお互いの立場と事情がわかっているだけに、辛さが身にしみた。

「とにかくさ、そっちはそっちで上を説得してほしいのよ。個人的な意見だけど、一・五倍ってのは悪くない落とし所だと思うよ。今は安西さんも態度が硬いけどさ、いいかげん話をちゃんと決めないと、最終的にはその上まで巻き込んじゃうことになるからね。下がぶつかりあうのはいいけど、上がぶつかりあったら戦争だぜ」

「それはよくわかっています」

「だったら秋山さんにうまく話して、一・五倍案を呑んでくれるように言ってみてよ。今ならそれで安西さんも顔が立つところがあるんだからさ」

「話してはみますけど」

「けど?」

「自信、ありません」

秋山部長はモナの生みの親だ。当然、その自負もあるだろう。大阪から東京の本社に戻ってきたばかりの安西部長には何もわからない、と思うのは当然でもあった。

「まあ、そんなこと言わないで、とにかくトライだけはしてみてよ。こっちはこっちで、何とか調整してみるからさ」

長田課長が二本目の煙草をくわえた。そうですね、とわたしは答えた。

6

どうもわたしは都合よく使われているようだ、と思った。

宣伝部内では販売部のことをよくわかっている人間として扱われ、販売部からは比較的温和でニュートラルな立場にいる者とみなされている。それはつまり、中途半端なポジションにいるということになるのだけれど、確かに使いやすい駒《こま》ではあるだろう。

ともあれ、わたしは宣伝部フロアに戻り、他の宣伝課長と相談しようと決めた。わたし一人で抱えこむような問題ではないという判断からだ。

ところが、そういう時に限って他の三人の宣伝課長は不在だった。会議とか外出とか、ホワイトボードに書いてあったけれど、とにかく全員席を空けていた。これでは相談も何もあったものではない。

とにかく誰か一人が戻ってくるまで、秋山部長には何も話さないことに決め、わたしは他の仕事に取りかかった。何も〝モナ〟だけがわたしの仕事ではないのだ。

そうこうしているうちに、児島くんからわたしの携帯に電話が入った。今はそれどころじゃないのよと言いたかったけれど、それを言ってしまうとすべてが終わってしまいそうな気がしたので、とにかく電話に出た。

「もしもし？　晶子さん？」

外からのようだった。はい、川村です、とわたしは答えた。これは合図のようなもので、忙しい時には川村ですと名乗り、時間に余裕がある時はわたしです、と答えるようにしていた。企業で働く者の知恵といったところだろうか。

「かけ直す？」

「いえ、短ければ大丈夫です」

了解、と児島くんが言った。

「あの後さ、親父と話したんだよ。おれもちょっと怒ってたからさ、何で家にいなかったんだよって問いつめてやったのさ」

「そうですか」

「それで、まあ早い話が親父も平謝りに謝ってて、川村さんに無駄足を踏ませてしまって申し訳なかったって。悪かったって」

「何で不在だったんですか？」

「だから言ってたじゃん。パチンコだって。馬鹿《ばか》にしてるよねえ、親父も」

「同感です」

「それで、今度は絶対に都合合わせるからって。今度の土日、どっちでもいいからまた町田までつきあってくんないかな」

「その件については後で連絡します。たぶん、どちらかなら大丈夫だと思いますけど」

「じゃ、後で時間できたら連絡してもらえる？　待ってるからさ」

「何時になるか、ちょっとわからないですよ。構いませんか？」

「こっちの不手際ですから、何時でも結構です」

児島くんまでわたしに合わせてビジネストークになってしまっていた。とにかく後ほど連絡入れます、と言ってわたしは電話を切った。

たぶん、日曜日なら大丈夫だろう。町田まで行くのはけっこう遠征に近いものがあるのだが、とにかく先方のお父さんが会ってくれるというのだから、これは会った方がいいはずだ。

それからもわたしは他の課長が戻ってくるのをひたすら待ち続けた。ところがいつもは用事もないまま席でパソコンに向かって遊んでるような課長たちの誰もが、こういう時に限って誰も戻ってこなかった。まったくもって頭に来る。

そうこうしているうちに、時計の針が十二時を指した。ランチタイムだ。このタイミングでなら誰か戻ってくるだろうと思って待っていたら、宣伝三課の田宮《たみや》課長がフロアにその姿を現した。田宮課長はつい最近の異動で三課長になっていた。

わたしより年齢も二つ下であまり相談相手には向いてないような気もしたのだけれど、他に誰もいないのだから仕方がない。わたしは田宮課長をつかまえて、販売の長田課長と話した内容を伝えた。

「へえ、そうですか」田宮課長が顎《あご》の先を撫《な》でた。「長田さんがそんなことをねえ」

「みんな、困ってるのよ」

「そのようですね」

他人事のように田宮課長が言った。そのようですね、じゃないでしょうに。あなたも少しは困った顔ぐらいしてみなさいよ。

「販売には販売の面子があるし、宣伝にもやっぱり面子があるってことなの。だから、それをどう落とし込むかってことなんだけど」

「どうしたらいいんですかね」

それはわたしが聞きたい。どうすればいいのか。

「だから、それを相談してるんじゃないの」

「秋山部長を説得してみたらどうですかね。一・五倍っていうのは、悪い話じゃないと思うんですよ」

「あなたもそう思う？」

「思いますね。いい落とし所だと思いますよ。はっきり言って、みんなそう思ってるんじゃないですか」

「みんなの意見はみんなに聞くわ。あなたはいいと思ってるわけね？」

「そうです」

「じゃあ、あとの二人の課長も同じ意見だったら、一緒になって秋山部長を説得してくれる？」

「いや、説得っていうとあれですけど。でも、少なくとも話し合いはできるかなと」

そうだ、今一番大事なのは話し合いの精神だ。コミュニケーション不足が、わたしたちの前途を塞いでいると言っても過言ではない。

「じゃあ、あなたはわたしと同じ意見でいいのね？」

「いいですよ」田宮課長がうなずいた。「ただ、ぼくが先頭切って秋山部長の説得に行くっていうのは願い下げですけどね」

「何でよ」

「だって、ぼくは課長たちの中で一番課長としての歴も浅いし、年齢も若いですから」

こんな時に限って若いことを武器にしようというのか。まったく、最近の若い者ときたら。

「先輩方が説得に行くのを、精神的に応援します」

「精神だけじゃダメよ」わたしはぴしゃりと言ってやった。「あなたも、ちゃんと議論に加わらないと」

「だって、ぼくの言うことなんか秋山部長聞くわけないですよ」

「そんなの、言ってみなけりゃわからないじゃない」

「そりゃそうですけど」

その時、わたしの携帯電話が鳴った。番号を見ると実家からだったので、とりあえず出ることにした。

「もしもし？　わたし」

「私だ」

電話をかけてきたのは父だった。

「どうしたの、いきなり」

「ちょっと話があってな……お前がつきあってるという児島くんとかいう彼は、土日は休みなのか?」

「まあ……そうね、だいたいはそうよ」

「今度の日曜、昼間だったら会ってもいい」

「どうしたの、何かあったの?」

「母さんがうるさい」父が言った。「一度ぐらい会ってやらないとフェアじゃないだろうと言う。それもそうかと思った」

「ありがとう」

自然とそんな言葉が出てきた。礼を言われるようなことじゃない、と父が言った。

「会うだけだ。私はお前たちの交際に賛成はしていない」

「ううん、それでもいいの。本当にありがとうね」

「昼だ。夜は会いたくない。長引くだけだからな」

父が電話を切った。どうかしましたか、と田宮課長が言ってきたけど、そんな言葉はわたしの耳に入ってこなかった。

あの父が折れてきたのだ。こんな機会は二度とあるまい。すぐに児島くんに伝えないと。また後で話しましょう、と田宮課長に言ってから、わたしは携帯をつかんだままフロアの外へ出た。

両家の父について

1

わたしは児島くんに電話をかけた。幸いなことに、すぐ彼は出てくれた。

「どうしたの、いったい」

「どうしたもこうしたもないわよ」

わたしはたった今父からかかってきた電話のことについて話した。父が今度の日曜だったら児島くんに会ってくれるというのだ。

今までどれだけ努力をしてもつき破れなかった壁《かべ》が、とうとう壊れた。こんな朗報はないだろう。

「マジで？　マジで会ってくれるって？」

「そうなのよ。しかも父の方から電話があったのよ」

「ふうん」児島くんはあんまり嬉しそうではなかった。「ずいぶん、突然だね」

「何よ、嬉しくないの？」

「嬉しいよ。そりゃあ嬉しいけどさ、でも何ていうのかな、何か突然すぎて、実感がわかないっていうか」

「そりゃそうかもしんないけど」

「それに、下手したら完全に反対されるってことだろ？　プレッシャーだな」

確かにそうかもしれない。よほどうまく話を持っていかなければ、父の態度はますます硬化していく一方だろう。でも児島くんなら大丈夫だとわたしは確信していた。

「あなたなら大丈夫よ。絶対父も気に入るって」

「もっと励ましてよ」甘えた声で児島くんが言った。「ああ、急に自信なくなってきた」

「大丈夫、大丈夫。自信持って」

「晶子さんはいいさ。晶子さんのお父さんなんだから。でもこっちはさ、全然知らない人なんだぜ」

「そんなこと言ってたらきりがないじゃないの」

「そりゃそうだけど」

児島くんがぶつぶつと文句を言い続けている。ちょっと、とわたしも声を硬くした。

「しっかりしてよ、児島くん。そりゃ緊張するのはわからなくもないけど、これはチャンスなのよ」

「チャンス？」

「父があなたに会うことに同意したっていうのは、父の態度が軟化しているってことよ。これがチャンスじゃなくて何なのよ」

「それは……確かにそうかもしれない」

「かもしれないじゃないの。絶対にそうなのよ」

わたしはわたしの父について、その性格をよく知っている。よほどのことがなければ、自分の意見を変えない人だ。それがとにかく会うだけでも会うと言い出したのだから、これはやっぱりビッグチャンスということになるだろう。

でも、もちろん児島くんはわたしの父親のことを知らない。それは、この何カ月かの様子を見ていれば、よほど面倒な人だろうということぐらいわかっているはずだけど、本当のところはわかっていない。

だから、どうしたらいいのかわからないようなことを言っているのだ。わたしには児島くんの考えていることがよくわかった。

「とにかくね、ここまで来たら覚悟を決めてちょうだい。腹をすえて、誠心誠意、父にぶつかっていってほしいの。確かに父は頑固な人だけど、まるで話がわからないっていうんじゃないから。わかってくれるところはわかってくれるはずよ」

「だったらいいんだけど」

自信のなさそうな声で児島くんが言った。さっきまで話していた田宮課長もそうだけど、とにかく最近の男はだらしがない、と思った。みんな、もっとしっかりしてくれないかな、ホントにもう。

2

午後になって、宣伝部の課長たちがそれぞれ自分の席に戻ってきていた。わたしは三人の課長たちに頼んで、時間を取ってもらった。今後の相談をするためだ。

「相談っていっても」会議室に入るなり、大田課長が言った。「いったい何をどう相談しろっていうんだよ」

「まあまあ、大田さん、そんな最初からつっかからないで」桂《かつら》という課長が言った。「とにかく、川村課長の言ってることも間違っちゃいないんですから」

「そりゃ間違っちゃいないよ。ここからどうするのか、とにかくそれを決めなきゃいけないのは確かだからね。だけど、どうしろっていうんだ？」

大田課長が言った。わたしを含め、桂、田宮の両課長が押し黙った。

「何か具体的な解決策があるっていうんなら、オレだって考えるけどさ。そうじゃないんだったらもう調停は無理だよ。部長同士ぶつかってもらうか、さもなきゃその上の役員同士で話し合ってもらうしかないね」

「いや、それはヤバイでしょう」初めて田宮課長が口を開いた。「上同士がぶつかるっていうのは、会社的に言ってもマズイと思いますよ」

「田宮、だけどな、課長同士で話し合ったところで、一向に結論が出ないんだぞ。これでいったいどうしろっていうんだ？」

そりゃあ、わからないですけど、とか何とか言いながら田宮課長が口をつぐんだ。

「川村さん、何かないの？」

大田課長が聞いてきた。何かあったらとっくに言っている。何もないからみんなに集まってもらっているのだ。それぐらいのことは大田課長もわかっているようだった。

「とにかくね、秋山さんか安西さんか、どっちかわかんないけど、ちょっと折れてくんないと話になんないと思うわけよ、オレは」

大田課長が言った。その通りだけど、糸口が何も見えてこない今、どこから二人を説得していいのかわからなかった。

「販売の課長たちは意見を変えてないの？」

また質問だ。わたしは販売部と宣伝部の通訳じゃないっていうの。

「販売の長田課長から聞いた話ですけど、向こうも相当カリカリきているようです」わたしは説明した。「一番最初の話し合いで、中を取った形で一・五倍にするというのはどうかと先方から提案がありましたよね。あれを秋山部長が蹴《け》ったのが、先方を怒らせた理由のようです」

「何で怒るんだよ」

「いや、それは向こうも妥協してきたんだから、うちも折れるべきだったんですよ」わたしの代わりに桂課長が言った。「ぼくはですね、正直言って秋山部長ももっと柔軟な態度に出るべきだったと思いますよ」

「お前、それ秋山さんに直で言えるのか？」

「いや、それは言えないですけど」

言えないことが多すぎるんだよな、と大田課長が言った。その通りでございます。

「一・五倍ってことは、今が月産二十万本だから、三十万本ってことですよね。それぐらいのキャパシティはあるんじゃないでしょうか」

わたしは言った。今はそういう問題を話しあってるんじゃない、と大田課長が怖い顔をした。

「誰が猫の首に鈴をつけるかってこと。それが問題なのさ」

秋山部長に一・五倍案を呑むように言うか、それとも販売の安西部長に現状のままで行くべきだと伝えるか、もう選択肢はそれしか残っていなかった。

ただ、大きな問題があった。誰がそれをどのように伝えるか、ということだ。どちらにしたところで、得な役回りと言えないのはわかりきっていた。

「それはやっぱり、順序から言って大田さんの仕事じゃないんですか」

田宮課長が言った。やめてくれよ、と半分切れたように大田課長が言った。

「そりゃ確かにこの四人の中でオレが一番年上さ。課長としての歴も長い。だけど、それとこれとは話が違うだろう」

「いや、違わないっすよ。やっぱり物事には順序ってものがあるわけで」

「汚ねえな、お前らは。こういう時に限って急に先輩先輩とか言いやがる」

大田課長が苦笑した。確かにその通りだけど、今回ばかりはしょうがない。大田課長に代表する形で秋山部長と話しあってもらうしかないのだ。

「どうかな。四人揃って行った方がよくないか?」

その方が説得力は増すだろう。だが、その分犠牲になることもある。わたしたち四人と秋山部長が完全な敵対関係になってしまうということだ。

敵対関係は大げさにしても、今後いろいろなことがやりにくくなるのは間違いない。そこをあえて押していくのもどうかと思われた。

「それに、オレの聞いてる話じゃ、販売の安西部長は一・五倍案を断られたことで、元の二倍案に固執しだしたっていうぞ。今さら一・五倍案で向こうを説得できるのか？」

それも問題だった。安西部長はプライドの高い人だと聞いている。

そこを何とか販売部の課長たちが説得する形で、一・五倍案を一時は呑ませたのだが、宣伝部がそれを断ってしまった以上、また二倍案に心が戻っているのは考えるまでもなかった。いったいどうやってもう一度説得すればいいのか。

「まあ、それはこっちが考えることじゃないけどな。販売の課長連中が考えるべきことだ」

大田課長が言った。それはその通りなんだけど、ただ黙って見ているだけというわけにもいかないだろう。やっぱりこちら側からのヘルプも必要だ。

さて、どうしよう。どうすればいいのだろう。それからわたしたちはさんざん話し合ったけれど、具体的な解決策は見つからなかった。ホントに困ったものだ。

3

実りのない打ち合わせを終えて席に戻ると、伝言メモが残されていた。販売の長田課長からだった。

至急連絡がほしいということで、向こうは向こうでよほど事態が切迫しているのがわかった。わたしはすぐに販売部に電話を入れた。長田課長が電話に出るなり開口一番、参ったよ、と言った。

「何があったんですか?」

「別にこっちものんきに構えているわけじゃない。時間がないのはよくわかってる」

「はい」

「だから、さっき安西部長とたまたま二人になる機会があったんでね、モナの問題についてちょっと聞いてみたんだ」

「それで?」

「それでも何もないよ。モナの倍増計画はよその部署が何と言おうと、必ずやってみせるってえらい剣幕さ。いやもう参ったよ」

「じゃあ、一・五倍案っていうのは……」

「全然。ますます態度を硬化させてるね。今の二十万本を四十万本態勢にするまで、一歩も引かない、そんな感じだったな」

「困りましたね」

わたしは言った。秋山部長の現状維持案も変わらないだろうが、安西部長の二倍案もまったく変わらないということだ。どこにも妥協という文字はなかった。

「いや、本当に困ったよ。何とかならないかな」

「何とかっていうのは?」

「秋山部長を説き伏せるとか、そういうことだよ」

　無理です、とわたしは答えた。

「一・五倍案だって蹴ってるんですよ。二倍なんて呑むわけないじゃないですか」

「おっかしいなあ。おれの知ってる限り、秋山さんてのはもうちょっと柔軟性のある人だと思ってたんだけどな」

「わたしもそう思ってました」

「だよね。何で今回に限って、そんな意地になってるんだろう」

　それはわたしたちにとっても大きな謎だった。秋山部長はどちらかといえば物分りもよく、部下から上がってくる声にも耳をよく貸す方だ。それなのに今回に限っては、強硬な態度を崩そうとしない。なぜなのだろう。

「昔、安西部長と何かあったとか」

「そりゃ、そういうこともあったかもしんないけど、安西さんが大阪に行ったのはもう十年以上前のことだぞ。十年間も忘れられない恨みとかって、あると思うか？」

「いや、それはわかんないですけど。でも、サラリーマン同士の嫉妬《しっと》って凄いっていいますから。何があったのかわかりませんけど、何かそういう微妙な問題があったとしたら」

　そりゃまあ確かにそうなんだけどさ、と長田課長が言った。

「何かあったとして、その後も同じ部署にいたりすれば、話はややこしくなる一方だけど、何しろ安西さんは大阪に行ってたからな。距離が離れれば怒りも収まるってもんじゃないか？」

　確かにその通りだろう。始終顔をつきあわせていれば、それがまたトラブルの元になったりするけれど、二人はこの十年間、ほとんど会っていないはずだ。それなのに、なぜこんなにまで互いの言い分を認めようとしないのか。わたしには全然わからなかった。

そしてそれは長田課長にとっても同じようだった。盛んに、謎だ、謎だ、と繰り返している。

「さっきまで、わたしたち宣伝部の課長四人が集まって、打ち合わせというか、今後どうすればいいかって話をしてたんですよ」

「結論は？」

「出ません。どっちの親分の言ってることも理があります。それなのに、どっちかを説き伏せることなんてできません」

「そりゃそうだろうな」

「販売部は課長だけで打ち合わせとかしてるんですか？」

「いや、してない」あっさりした答えが返ってきた。「何しろ親分が倍増倍増って言い張ってるんでね。どうしようもない。手のつけようがないんだ」

「泥沼ですね」

まったくだ、と長田課長が言った。

「とにかく、何か進展があったら教えてほしい。上同士は犬猿の仲だとしても、下同士は仲良くやっていこうぜ」

「そうですね」

「下同士も断交なんてことになったら、目も当てらんないよ」

まったく、おっしゃる通りだ。せめてわたしたち課長職についている者同士はうまくやっていかないと、今後どうなるのか事態はまったく読めなかった。

「何かあったら、すぐ連絡してくれ」

「了解です」

長田課長が電話を切った。わたしは受話器を架台に戻してから、うへえ、とため息をついた。

4

児島くんから電話がかかってきたのは、その日の夜のことだった。彼は彼で忙しいらしく、まだ会社にいるという。時計を見ると夜十時半を回っていた。

「働かされてますね」

「いや、ホントだよ、晶子さん」ちょっと愚痴っぽく彼が言った。「最近うちの会社から二人ぽんぽんって辞めちゃってさ、その分が全部こっちに回ってきてる感じ」

「忙しいのはどこも同じよ」

「そのわりに景気が良くならないんだよねえ」

不思議だ、と児島くんが言った。思わずわたしは笑ってしまった。

「それで何？　その忙しい合間を縫《ぬ》ってわざわざ電話をかけてきてくれたのは」

「親のことだよ」児島くんが言った。「晶子さんのお父さん、今度の日曜の昼だったら会ってくれるって言ってるんでしょ？」

「そう」

「それでさ、ついでじゃないけど面倒な事はまとめてやっちゃおうと思ってさ、その日曜の夜、家の親父と会ってもらおうと思ってるんだよ」

「なるほどね……でも夜って」

「夕飯でもご一緒にいかがですかってこと」

ううむ。ちょっと困った。だいたい、わたしは知らない人と食事をするのが得意な方ではない。ましてやそれが児島くんの家族だと、気が重かった。

「そうするしかないの？」

「そりゃあ、晶子さんが嫌だっていうんなら、仕方のない話だけどね」

「別に嫌だとは言ってないわよ。ただ、ちょっと気が重いっていうだけ」

「それを言ったら、おれだって気が重いっつうの。何しろ大反対されてる相手の父親と会わなきゃならないんだぜ？」

「それは……わかるけど」

「だったら、晶子さんも折れてよ。こっちはこっちで我慢ていうかさ、お父さんと何とか話しあってみるから。それに、晶子さんもわかってると思うけど、うちの親父は基本的におれたちの結婚に賛成してるからね。そんなに気にすることはないと思うよ」

そうかもしれない。少なくともわたしのことを歓迎してくれる気持ちが児島くんのお父さんの中にあるのは確かだった。それを考えれば、少しぐらいのことは我慢しなければならないと思った。

「わかった。言う通りにする」

「さすがは晶子さん」

物分りがいい、と児島くんが笑った。これは物分りがいい悪いの話ではない。やむを得ない選択というものだ。

「その代わり、お父さんのことうまくやってよ」

「どっちの?」

「どっちもよ。うちのお父さんが何か厳しいことを言っても、そこはぐっとこらえて我慢すること。それにあなたのお父さんがもっとこう盛大に賛成してくれるようにするとか、そっちの方へ話をもっていくこと。できる?」

「自信はないけど」

やってみます、という頼りない声が聞こえた。やってみますじゃないっていうの。やってもらわなきゃ困るの。ねえ児島くん、わかってる?

「そりゃわかってますよ。今回の会合が非常に重大な意味を持ってるというのは」

「下らない冗談を言ってるその口を閉じなさい。本当に大事な問題なのよ、これは」

「わかってますってば。任せといてよ、おれだってバカじゃないんだから」

「今の話を聞いてたら」わたしは言った。「バカとしか思えないわ」

「いやあ、これでもそれなりに考えてるんだよ。晶子のお父さんに会ったら何て言おう、とかね」

「何て言う気なの?」

「まだ決めてない。ねえ、お父さんって趣味あるわけ?」

「趣味ねえ……」

言われてみると、父は無趣味な人だった。年齢のせいもあると思われたが、毎日の日課である朝の散歩に行くのと、自分の部屋に引きこもって本を読んでいるぐらいしかしていないようだ。

「本ねえ」苦手なジャンルだ、と児島くんが言った。「どんな本？」

「知らない。たぶん歴史小説とか時代小説とかじゃないの？」

「ますますわかんねえな」

「今からでも読んでおいたら？　新撰組《しんせんぐみ》の出てくる小説とか、いっぱいあるでしょ？」

「あるのは知ってる」

「じゃあ、それを読めば」

「わかった、わかりましたよ、読みますよ」

あまり期待できないと思った。その辺は児島くんも今時の若い男の子だ。無理な努力をしても事態をますます混乱させるだけだろう。

「ねえ、もっと他に何かないの？　囲碁とか将棋とかさ。その辺の研究は最近おれもしてるのよ」

「研究って？」

「ゲームセンター通ったりさ」

「仕事をしなさい、仕事を」

うへ、と児島くんが言った。うへじゃないっていうの。

「そんなことしてる暇《ひま》があったら、仕事しなさいよ」

「仕事もしてますよ。だけど、その問題も重要だろ？　そのために日夜研究を重ねているのさ」

何が研究だか。ゲーセンで遊んでるだけのくせして。

「お父さん、やらない、やらないの？　その手の遊び」

「やらない。前にも言ったと思うけど、真面目な人なのよ、これが」

「遊びに目もくれず？」

そういうこと、とわたしは言った。

「だから、そういう方向から攻めていったって無駄よ。あんなに真面目な人、あたし見たことないもの」

「そりゃ先が思いやられるね」児島くんがため息をついた。「晶子さん、どうかよろしくお願いします」

話が違ってきた。これだから男なんて頼りにならないというのだ。わたしも思わず大きなため息をついてしまった。

5

七月最初の日曜日、わたしは小平《こだいら》の駅で児島くんを待っていた。時間通り、一時前に彼が駅についた。

一時以降に家を訪ねようと言ったのはわたしだ。あれから母とも連絡を取ったのだけれど、とても昼食を一緒に取るような状態ではない、と母は言った。食後のお茶ぐらいがいいところだろうという。わたしもその意見に同意し、この時間に家へ向かうことにしたのだ。

児島くんはスーツ姿だった。いつでもそうだけれど、児島くんの選ぶスーツはどちらかというとデザインが控えめのものが多かったが、今回もまたそうだった。茶色の上下に茶の革靴。ネクタイもまた茶系だった。

「トータルコーディネートですね」

あいさつ代わりにわたしは言った。うん？ と顔を上げた児島くんが、ああこの格好ね、と笑った。

「何着ていくか迷ったんだけど、落ち着いてる方がいいと思って」

「正解」改札口を通り抜けながらわたしは言った。「父はコンサバの権化みたいな人だからね。派手な格好してたらそれだけで席を立っちゃうと思うよ」

「コンサバの権化ってどういう意味？」

「オールドスタイルってこと」

ああ、そうなんだ、と児島くんが半笑いの表情になった。どうやら、ここに来て彼は緊張し始めているようだった。

「硬くなるのはわかるけど」わたしは彼の肩に手を触れた。「もっとリラックスしてよ。そうしないとわたしまで硬くなっちゃう」

「いや、駅降りるまで、そんなことはなかったんだけど」児島くんがもの凄い勢いで髪の毛をかきむしり始めた。「急に緊張してきた。どうしよう」

「あんまり同情できないわ」わたしは言った。「この前、わたしがあなたの家へ行った時、やっぱりわたしもそうなったけど、あなたはあんまり同情してくれなかったもの」

「そんなことないって。おれだって晶子さんの立場はよくわかってましたよ」

ヤバイ、マジでヤバイと言いながら児島くんが額に手を当てた。気持ちはわかる。でも同情はできない、というのがわたしの立場だった。

「道、どっち?」

児島くんが聞いた。こっち、とわたしは駅前の太い道を指さした。

「途中、コンビニとかあるかな」

「何でよ」

「いや、汚い話なんだけど……トイレ行きたくなった」

「それなら大丈夫。ちゃんと途中にコンビニがあるから、そこで用を足せばいいわ」

「何で晶子さん、そんなに楽しそうに笑ってるの?」

笑ってなんかいないわよ、とわたしは言った。でも本当は、少しばかり笑っていたのかもしれなかった。

「とにかく行くわよ。ここまで来たんだから、もう帰るも何もないでしょ」

「わかってます。行きます。行きますってば。ただそんなに焦ることもないんじゃないかなと」

「焦るって?」

「行く前にその辺の店でお茶飲んでくとかさ」

児島くんにとって不幸なことに、そんな時間はなかった。ゴチャゴチャ言わないで、さっさと歩きなさい、とわたしは命じた。

6

家までは歩いて十分ほどの道のりだった。我が家はかなり前に買った一軒家で、隣近所では皆、顔も名前もよくわかっている間柄だ。なるべくなら誰にも見つかりたくないと思っていた。あとで近所の噂《うわさ》話の種にされるのはわかりきった話だったからだ。

幸い、よく晴れた日曜日だったにもかかわらず、その辺を誰かがうろうろと歩き回っているようなことはなかった。こっちよ、とわたしは児島くんを連れて正面玄関に出た。

「はいはい。言われなくてもわかってますって」

「つまらない事は言わないの。いい、わかってる？　父親と会えるチャンスは二度とないかもしれないのよ。その辺のことよく考えて、慎重にお願いね」

何を慎重にお願いしているのか自分でもよくわからなかったけど、とにかくそう言ってからドアの右側についているチャイムを鳴らした。すぐに足音がして、母が顔をのぞかせた。

「いらっしゃいませ」

母が言った。はじめまして、と児島くんが頭を軽く下げた。こちらこそ、と母もやっぱり頭を下げた。

「まあまあ、とにかく上がってちょうだい。狭い家だけど、汚くはしていませんから」

「母さん、いいのよ。余計なこと言わなくて」

これ、児島くん、とわたしは紹介した。これとは何です、と母が言った。

「じゃあ、こちらが児島さん」

「じゃあじゃないでしょう。最初からちゃんと紹介してちょうだい」

「だからその……前も言ったでしょ？　今、おつきあいしてる人がいるって。それがこちらの児島さん」

「話は聞いてますよ。とにかく児島さん、お上がりください」

失礼します、と言って児島くんが靴を脱いだ。一応は落ち着きを取り戻したらしく、さっきまでと比べると冷静な態度だった。

「お父さんは？」

わたしは小声で聞いた。いますよ、もちろん、と母が言った。

「居間にいるの？」

「さっきまではいたけど、今は書斎にいるみたい」

「みたいって何よ」

「何よも何も、こんな狭い家じゃ、他に隠れるところもないでしょうに」

「別に隠れてなくたっていいじゃない」わたしは更に低い声で言った。「最初から堂々とお出迎えしてよ」

「お父さんにはお父さんの都合があるのよ」

そのまま、まっすぐ進んでください、と母が言った。児島くんがゆっくり前進を続けた。

「お父さんの都合って何よ」

「そんなの、母さんにはわからないわよ。ただ、いきなり顔を合わせるのが気まずいとか、そういうこともあるんじゃないの？」

「そんなこと言ってたらきりがないじゃないの。いずれは会わなきゃならないのよ」

「それはそうだけど」

母がすりガラスのドアを開けた。そこが我が家のリビングルームだった。

「まあ、とにかく座っててちょうだい。今、お茶でもいれますからね」

「どうもすみません」

児島くんが如才なく言った。この辺は世慣れてるなといつも感じるところだ。いいえ、どういたしまして、と母が言った。

「どこに座ればいい？」

児島くんが囁《ささや》いた。どこと言われても困る。別に上座下座があるわけではない。そこにあるのは白木の真四角なテーブルだけだ。ああ、だけどやっぱり座る順番とかあるのだろうか。

「とりあえず手前の方に座ってよ」

「了解」

母がガスコンロでお湯をわかしはじめた。これからいったいどうなるのだろう。本当に父はちゃんと姿を現してくれるのか。児島くんと会話を交わしてくれるのか。そんなことを考えていたら頭がおかしくなりそうだった。

7

母は手の早い人で、すぐにお茶とお茶菓子を持ってきて座っていたわたしたちの前に並べた。

「どうもすみません」

児島くんがまた同じ台詞《せりふ》を口にした。お口に合えばいいんですけど、と母が言った。お茶菓子は大納言だった。

「いえ、そんな。全然大丈夫です。ぼく、こういう和風のお菓子って大好きなんですよ」

「いただきものですから」

どうぞ、と母が言った。ありがとうございます、とうなずきながらも、児島くんはお茶を飲むだけで菓子に手をつけようとはしなかった。やはりまだ緊張しているということなのだろう。それからしばらくわたしたちは無言のままお茶を飲んだ。

「児島さんは、おいくつなんですか?」

いきなり母が尋ねた。喉《のど》を鳴らした児島くんが、二十四歳です、と答えた。まあ、と母が言った。

「そんなにお若いのに、ずいぶん礼儀正しいのね」

母が言ったのは児島くんの手だった。児島くんはお茶を飲む時以外は自分の膝《ひざ》の上に手を置いていた。

「いえ、そういうわけではないんですけど」

どこに置くかといえば、やはり膝の上が一番落ち着くということらしい。まあまあ、と母が笑った。

「そんなに硬くならなくても、もっとくつろいでくださいな。晶子がおつきあいしている方なんですから」

「はあ……まあその、何というか、ちょっと心に余裕がないと言いますか」

また母が笑った。母はどちらかといえば、よく笑う方だ。こういう何気ないやり取りの中からおかしみのようなものを探すのが得意な人でもあった。

それからもしばらく母の質問タイムが続いた。児島くんの生まれや育ち、学歴や職歴などだ。もっとも、職歴についてはほとんど語ることがなかったと言っていい。何しろ児島くんは去年の五月に青葉ピー・アール社に入社したばかりで、社会人としてようやく一年を越えたばかりの職歴しかなかったからだ。

「じゃあ、ずっと町田で？」

「はい。町田生まれの町田育ちです」

児島くんもようやくリラックスしてきたのか、少し声が大きく通るようになっていた。この分なら母とのコミュニケーションは大丈夫だろうと思った。もともと、母はそれほどわたしと児島くんとの交際に対して反対していないということもある。

「お父さまとかお母さまは、今も町田に？」

「そうです。町田に住んでいます」

その時、わたしは気づいた。すりガラスの向こうに父が立っていることに。

「お父さん！」わたしは思わず立ち上がった。「いるんならさっさと出てきてよ。待ちくたびれちゃったわ」

日曜日だというのに、父はワイシャツとスラックス姿だった。さすがにネクタイこそしていないものの、この場がフォーマルなものであることを意識させるには十分なものがあった。ゆっくりとドアが開き、リビングに父が入ってきた。

「そんなに待たせたかな」

「そんなには待ってないけど、いつこっちへ来るのかってずっと思ってたわ」

「すまんね」

父が軽く詫びて、空いていた席に座った。それはいつも父が座っている席だった。

「こんにちは」父が挨拶をした。「はじめまして。晶子の父です」

「お世話になってます」児島くんが父が座るのと入れ違うようにして立ち上がった。「こちらこそ、晶子さんにはいつもご迷惑ばかりかけています」

「座りなって、児島くん」

わたしは横から言った。その方がいい？と児島くんが目で訴えた。そりゃその方がいいに決まってる。父が座ってて、児島くんだけが立っているのはどう見てもおかしい。

「母さん」父が口を開いた。「お茶」

はいはい、と母が湯吞みにお茶を注いだ。無言でそれを見ていた父が、ゆっくりと手を伸ばして湯吞みを受け取った。それを確認してから、児島くんがそっと腰を下ろした。

父がお茶を飲んだ。その間数十秒ほど、完全な無言状態が続いた。

「お父さん、紹介する」わたしは言った。「児島達郎さん。前から話してるでしょ？　青葉ピー・アールって会社で働いてるの」

「そうらしいな」

「聞かれないうちに言うけど」わたしはちょっと挑発的になっていた。「彼、二十四歳だから」

「聞いてる」

父がまたお茶を飲んだ。さて、どうしよう。これ以上何を言えばいいのだろうか。

「あの……児島です」

おそるおそるといった調子で児島くんが言った。わかってる、というように父がうなずいた。

「晶子さんと、その……おつきあいさせていただいてます」

「そう聞いています」

父がぽつりと言った。児島くんがまっすぐ前を見すえた。

「あの……いろいろあるとは思うんですが、交際を認めてもらいたいと思いまして、今日はちょっとお時間をいただくことになりました」

父が胸ポケットから煙草の箱を取り出した。母が灰皿をそっと押しやった。父が煙草に火をつけて、ゆっくりと煙を吐いた。

8

父がまた煙草の煙を吐いた。わたしたちはその間何も言えないまま黙っていた。とはいえ、あまりに沈黙が長すぎるとまたおかしなことになるだろう。

とりあえずわたしが父と話すことにした。何しろ父はわたしの父なのだから、わたしが話す方が自然だ。

「お父さん、ちょっと聞いてよ」

「聞いてる。ちゃんと耳はある」

「そんな難しい顔されたら、話すこともできやしないわ」

「別に難しい顔をしているつもりはない」

何だかとてつもなく大きな岩壁に取りついているような気がしてきた。この岩肌を、どうやって登っていけばいいのだろうか。

「何か聞くこととかないの?」

「別にない」

「ないことはないでしょ。一人娘がつきあってる男性を家に連れてきたのよ? どういう意味かわかるでしょ」

「わかるような気もするが、わからないような気もする」

駄目だ。これでは禅問答に近い。何を言っても無駄なのか。

「あのお」児島くんがおそるおそるという感じで手を挙げた。「ちょっとよろしいでしょうか」

「何か」

父の答えはそのひと言だった。いえ、いいです、と児島くんが手を下げた。何してんのよ、バカ。

「どうしたの児島くん。何か聞きたいことがあったら、この際だから聞いた方がいいよ」

そうそう、と言うように母がうなずいた。あのですね、と児島くんが背筋を伸ばした。

「お父さんは、ぼくと晶子さんがつきあっていることに対して、反対なんでしょうか」

いや、だからといってそんな真ん中の質問をされても困る。父もちょっと困ったように身をよじった。

「児島さん、とおっしゃいましたよね」

父が茶を飲んだ。児島くんが、はいとうなずいた。

「娘もいい歳です。いろいろ社会経験も積んできただろうとわたしは思っています。つきあっている男性がいるのなら、それを信じるしかないでしょう」

「はい」

「わたしの立場はそういうことです。逆に言えば、娘が誰とつきあおうとも関知しないということです」

ずいぶん冷たい言い草だ、と思った。父は昔からぶっきら棒な物言いをするところがあったが、今、その癖が露骨に出ていた。

「つまり、その相手がぼくでも構わないということですか?」

「そういうことになります」

父が新しい煙草に火をつけた。おや、これはもしかしたら案外、ということになるかもしれない。

「お父さん、じゃあいいのね? あたしが児島くんとつきあっても」

「反対したって仕方がなかろう」父が言った。「お前ももう大人だ。いちいち親の指図を受ける歳でもあるまい」

話はわたしたちに好都合に進んでいるようだ。わたしと児島くんは互いに目を見交わした。

「しかし、それにしても不思議だ」父が煙を吐いた。「児島さんは二十四歳だということですね」

「そうです」

「娘の年齢はご存知ですか？」

「もちろんです」

「晶子、お前はいくつになった。三十七か、八か」

「うるさいわね」

「それだけ年齢が離れていて、しかも女性の方が年上だという。不思議に思っても仕方がなかろう」

「古いのよ、お父さんは」わたしは言った。「今じゃ女の方が年上のカップルなんて、いくらでもいるんだからね」

「それにしてもだ。年齢差が十四というのはちょっと普通じゃないだろう」

「うるさいわね」わたしはもう一度言った。「時代が違うのよ」

「そうかね」

父が黙り込んだ。わたしも黙るしかなかった。

「お父さん、でも二人がそれでいいって言ってるんだから……ねえ」

母が言った。父は何も言わない。ただ煙草をふかしているだけだ。

「児島さん、もう一杯お茶入れましょうか」

取りなすように母が言った。いただきます、と児島くんが言った。母がお茶をいれている間も、父はだんまりを決め込むだけだった。

「お茶、おいしいですね」

児島くんが言った。お菓子もどうぞ、と母が言った。

「よかったら食べてください。どうぞ」

「じゃ……いただきます」

「お父さん、何とか言ってよ」わたしは言った。「お父さんが黙ってると話が進まないのよ」

「何を言えばいいんだ」

父が灰皿に煙草の灰を落とした。何と言われても困る。ただ、今のままの状態が続くのも困る。

「何って、あたしたちの交際に賛成なのか反対なのかとか、そういうことよ」

「賛成も反対もしないと言ったつもりだ。つまり相手は、晶子、お前が決めるものだろう」

「賛成も反対もしないって、どういう意味？」

「わたしがどう言ったところで、お前は親の意見など聞かんだろうということだ」

「そんなことないわ。納得できる意見だったら聞くわよ」

「父さんが反対だ、と言ってもか？」

それが父の本音だった。本音として、父はやはりわたしたちの交際に反対なのだ。声を聞いただけでそうとわかった。

「どうしてお父さんは反対なわけ？」

「言う必要もないだろう」

「年齢のこと？」

「だから、言う必要はないだろうと言っている」

「しょうがないじゃない、歳が離れているのは。それが現実なんだから」

確かにそうだ、と言いながら父が煙草を押しつぶすようにして消した。

「児島くんが二十四、あたしが三十八。それが現実の数字なのよ」

「晶子、冷静に聞きなさい。つまり、お前たちは十四歳の年齢差を抱えているということになる。それがどういう意味かわかってるのか？」

「……わかってるわよ」

「いいや、わかってない。少なくとも、今のお前にはわかっていない」

「そんなことないってば」

わかってない、とつぶやきながら父が吸殻《すいがら》で灰皿の中をかき回した。

「今はいい。二十代と三十代のうちはな。だが、すぐに二十代と四十代のカップルになる。その差はお前が考えてるより大きいぞ」

「わかってるって」

「こう言っては何だが、児島さんが三十歳になった時、お前は四十四歳だ。その意味がわかるか」

「わかってる……つもり」

「初めてお会いする人にこんなことを言っては失礼かもしれんが、児島さんはこれからが男盛りだ。三十歳になれば働き盛りとも言える。そんな時、四十四のお前がそばにいてどうする？」

「どうもしないわよ。仲良く年を取って暮らすわ」

「そんなに世間は甘くない」

「甘いとは思ってない。だけど、二人で努力をしていけば、乗り越えられない壁じゃないとも思ってる」

「努力で乗り越えられる壁と、そうじゃない壁があることをお前は知っておくべきだ。そして十四歳の年齢差は、どちらかといえば後者だろう」

「そんなの、やってみなければわからないじゃない」

「話はそれだけだ」父が煙草をシャツの胸ポケットに入れた。「賛成も反対もしない。それが父さんの意見だ。ただし決して楽な道のりだとは思わない方がいい。そういうことだ」

「待ってよ。まだ話は終わってないわ」

「もう終わりだ。少なくとも父さんの側に他に言う言葉はない」

「お父さん！」

待ってよ、とわたしは言ったけれど、父はそのまま立ち上がり、リビングを出ていってしまった。どうすることもできなかった。

9

「お母さん、どうしよう」わたしは言った。「父さん、本気で反対してるみたい」

「みたいじゃないのよ。本気なのよ」

母がうなずいた。母が言うのだから間違いはあるまい。父は本当にわたしと児島くんの交際について反対という立場を取っているのだ。

「まあ、そんなにがっかりしないで」

「するわよ。少しは期待していたんだから」

「でも、わかってたことでしょ？」

「そりゃそうだけど」

母が言った通り、予測はついていたことだった。常識的に考えても、十四歳年下の男の子とつきあう娘を祝福してくれる親はいないだろう。そして父はその意味で常識のかたまりだった。

「あのお」児島くんが身をもじもじさせながら言った。「すいません、トイレお借りできますか？」

母の案内で児島くんがトイレに行った。その間、わたしは一人きりになった。今日、今まであったことを考え直してみた。

この肝心な時に、トイレだとか、何を悠長なことを言ってるのだろうか、この男は。

とにかく、父はわたしと児島くんの交際について反対しないと言った。正確に言えば、反対も賛成もしないと言った。それは事実だ。

事態を良い方向に考えるとすれば、反対しないという言葉を重視すべきだろう。反対しないと言った以上、わたしたちは事実上、父親公認のカップルということになる。

だが、更に事実を深く見つめ直せば、父の腹の底にあったのは大反対という単語だった。本音で言えば、父はわたしたちの交際に大反対している。その理由はひとつ、年齢差だ。

確かに、十四歳という年齢差は父に指摘されるまでもなく大きい。考えようによっては、とてつもなく大きいと言ってもいいかもしれない。

父が言った通り、児島くんが三十歳になった時、わたしは四十四歳なのだ。これほど釣り合いの取れない二人というのも珍しいだろう。

男性が十四歳上のカップルというのは、少なからずこの世に存在する。それについて世間は何も言わない。いったいなぜなのか。わたしは世間の常識というものを疑いたくなった。

男が十四歳上、あるいは女が十四歳上というのは、いったいどこがどう違うのだろう。本質的には何も変わらない。だいたい、年齢差というもの自体があまり意味を持たないものなのだ。

(とはいえ)

仕事のことまで考えれば、世間の常識にも一理ある。わたしが四十四歳になる頃、順当に行けばわたしは部長になっているだろう。銘和乳業という会社は男女による格差がない。

年功序列でポジションは上がっていく。四十四歳ともなれば部長になっていてもおかしくはない。

それに対して児島くんはどうだろう。三十歳になった彼が、その時でも青葉ピー・アール社で働いているかどうかは別として、もしそうであるならばたとえ正社員になっていたとしても、せいぜい係長ぐらいが関の山だ。

会社が違うとはいえ、部長と係長ではあまりに格差があり過ぎる。そういったところからも、二人の関係がおかしくなっていくという可能性もないとは言えなかった。

（やれやれ）

どうやら、世間の常識にも一分の理はあるようだ。参ったなあと思っていたら、母が戻ってきた。

「そんなしょぼくれた顔しないの」母が言った。「まだ始まったばかりじゃない」

「だってお母さん、あれじゃ取りつく島もないよ」

そうねえ、と母が茶を呑んだ。

「そうねえ、じゃないわよ。こっちの立場にもなってみてちょうだい」

「お母さん、十四歳も年下の男の子とつきあったことなんてないもの。あんたの立場なんてわかるはずもないわ」

「そりゃそうだけど」

「まあ、なるようにしかならないわよ」母はどこまでも楽天的だった。「父さんもね、心の底から反対ってわけじゃないのよ。ただ、あなたが幸せになれるかどうか、そこに自信が持てないんだと思う」

「自信？」

「そう、自信」

「何で父さんが自信を持つ必要があるのよ」

「娘だからよ」

どういう意味、とわたしは尋ねた。それはね、と母がまたひと口茶をすすった。

「責任と言い換えてもいいと思うわ。お父さん、あなたに幸せになってもらいたいのよ」

「そりゃ親だもん、当たり前でしょう」

「それはそうだけど」それだけじゃないのよ、と母がため息をついた。「一人娘の幸せを願わない父親なんていないってこと」

「わかんなくもないけど。だったら、素直に賛成してくれればいいのに」

「十四も歳が離れてたら、なかなかそうは考えられないものよ」

母がつぶやくようにそう言った時、児島くんがトイレから戻ってきた。わたしたちはそのまま口を閉じた。児島くんに聞かせられない会話だったからだ。

10

それからしばらく母と話をした。とにかく、母の立場としては、わたしたちの交際について反対はしないこと、今後父に対してその方向で話を進めていくという言質《げんち》を取った上で、わたしたちは家を出た。

「ゴメンね、児島くん」

「何が?」

「父の態度。あれはないと思うわ」

わたしが言うと、予想通りだったよ、と児島くんが微笑《ほほえ》んだ。

「本当はもっとひどい状況も想定していたんだ。だからまだましな方さ」

彼がなぐさめてくれているつもりなのはよくわかったけれど、わたしは父に対して怒っていた。

いくら何でもあれはないだろう。

今から児島くんの実家である町田へ行くつもりだったが、小平から町田までは一時間半ほどの距離だ。時間が多少あったので、わたしたちは駅前の喫茶店に入り、そこで時間をつぶすことにした。

「ホントにゴメン、児島くん」

それぞれにアイスティーとアイスコーヒーを頼んでから、わたしはもう一度頭を下げた。止めてよ、と児島くんが言った。

「だいたい晶子さんのせいじゃないんだし」

「いいえ、家の親の問題ですから、ここはわたしが謝ります」

わたしは深々と頭を下げた。そういう問題じゃないでしょうに、と児島くんがぼやいた。

「そんなことより、これからどうするかっていう方が問題だよ」

「そうだね」

父は昔気質《かたぎ》の人で、あまり感情を表に出さない。そんな父が今日はあそこまで言ったのだから、よほどご立腹と思えた。

とにかく父を説得しないと話が前に進まない。最悪、父を無視してこのまま突っ走るということもできなくはなかったけれど、わたしもその辺りは古い人間で、なるべくならそうはしたくなかった。

「だけどねえ」わたしは言った。「十四歳の年齢差はいつまで経っても埋まんないからね」

結局、問題の根本がそこにある以上、わたしたちとしてはどうすることもできなかった。もし願いをひとつだけかなえてあげようと言われたら、とりあえずわたしは二人の年齢を同じにしてくれと頼んだだろう。だが、そんなことはかなえられなかった。

「そうだよねえ」児島くんがうなずいた。「問題はそこだもんね」

「そうなのよ」

わたしはうなずいた。そこにアイスティーとアイスコーヒーが運ばれてきた。わたしたちはそれぞれひと口飲んでから、小さなため息をついた。あまりにも二人の動きが揃っていたので、思わず笑ってしまった。

「いや、笑い事じゃないんだけどね」児島くんがストローでアイスコーヒーをすすった。「ねえ晶子さん、これからどうすればいいと思う？」

「そういう時だけ年上を頼らないの。男だったら何とかしてよ」

「こういう問題に男も女もないでしょうに」

それもそうだ。年齢でもなく、男女でもないだろう。根本的にわたしたちの目の前に横たわる問題を片付けるには、そんなことに構っていられなかった。

「最悪、父の許しがなくても強行突破するしかないかも」

「それは……どうなのかな」

児島くんが首を傾《かし》げた。だって他に方法がないじゃない、とわたしは言った。

「他にどうしろって言うの？」

「いや、それはわかんないけど……でも、無理やりっていうのは良くない気がする」

「そりゃそうだけど」

ではどうしろというのか。父も賛成して、わたしたちが結婚に踏み切れるようになることなど、今の段階ではとても考えられない。

「まあ、ここは待つしかないね」児島くんが言った。「とにかく、ぼくは強行突破には反対だな。後々、しこりを残すことになるのは間違いないからね。どうせだったら、誰からも祝福されるようなカップルになりたいじゃないの」

「お気楽なことをおっしゃいますけどね」わたしは言った。「少なくともさっきの父の様子から察するに、父が態度を変えることは百パーセント考えられないわ」

「百パーセント？」

「そう、百パーセント」

自分で言いながら情けなくなった。誰か何とかしてよ、ホントに。

11

町田へ向かう電車の中でも、主な話題はそれだった。わたしの父をいかにして説得するかということだ。

もちろん、妙案など浮かぶはずもない。しばらく、わたしたちは無言になっていた。

児島くんの方がどうかは知らないが、わたしが無口になったのにはわけがあった。これから児島家の人々と会わなければならないからだ。

心配することないって、と児島くんは何度も言ってくれたけれど、やっぱり不安だった。この前も児島くんの家に行ったが、お母さんの雰囲気はどことなくよそよそしいものがあった。決してわたしたちの交際について賛成していないのよという態度が見え見えだった。

そこに今度はお父さんが入ってくるという。お父さんはわたしたちの交際について比較的賛成という立場を取っているということだったが、本当のところは誰にもわかりはしないのだ。

わたしが無口になっていったのは、そういう理由があった。要するにわたしは、考えても仕方がないことをいつまでも思い悩んでいたのだ。

そして、そういうことを察知する能力に児島くんは長《た》けていた。どうしたの、と児島くんが言った。

「そんな暗い顔して」

「そう?」

「してますよ。こっちから見ると」

「もともと、こんな顔色ですから」

「そんなすねたようなこと言わないでよ。何とかなるさ」

「何とかなってもらわないと困るわ。父のことだけでも大問題なのに、あなたのご両親まで大反対っていうんじゃ話にならないもの」

「だから大丈夫だって。親父とはあれから少し話もしたんだ。前に一度会っただろ? あの時の印象がよっぽどよかったらしいよ。親父は大とまでは言わないけど、おれたちのことについて賛成してくれるって」

「だったらいいんだけど」

「いいんだけどじゃなくて、本当にそうなんだってば」児島くんがわたしの肩を叩いた。「だからあんまり気にすることないって。自然体でいればそれでいいんだよ」

「そうかなあ。本当にそれでいいのかなあ」

「いいんだって。素のままの晶子さんを出せばそれでいいんだよ」

「素のままって、三十八歳のわたしのですか？」

「歳のことは言わないの」

はあ、とわたしはため息をついた。胸の奥が苦しくて、思わずため息が口から漏《も》れてしまったのだ。

「ため息をひとつつくと、幸福がひとつ逃げるっていうよ」

「そんな迷信に興味ないわ」わたしはもう一度、今度は盛大にため息をついた。「ため息でもつかないと、やってらんないってば」

「後ろ向きだなあ、晶子さんは」

「児島くんが前向きすぎるのよ」

何だかんだ言い争っているうちに、電車が町田の駅に着いた。児島くんが先に降り、わたしはそのあとに従うしかなかった。これからどうなるのだろう、と思いながら。

12

児島くんの実家を訪ねるのはこれが三度目だった。もっとも、一度目は勢いに任せて来たようなものだったから、正式な意味では二回目ということになるだろう。

児島くんがインターホンを鳴らした。出てきたのはお母さんだった。

「いらっしゃい」

「こんばんは」

まだ夕方の五時ぐらいだったけれど、わたしはそう挨拶した。上がろうよ、と児島くんが言った。

「はい」

緊張のためか、わたしはなぜか丁寧語を使っていた。靴を脱いで児島くんのあとに続いた。

「親父いるの?」

児島くんが尋ねた。いますよ、とお母さんが答えた。

「さすがにねえ、二度続けてすっぽかしたりはしませんよ」

「そりゃそうだ」

そんなのただのボケた人だよね、とわたしに言った。冗談のつもりだったようだけど、わたしは笑うことができなかった。

お母さんが廊下を進んでいき、リビングへ案内してくれた。わたしたちがそこへ入っていくと、ドラマでよく見るように、児島くんのお父さんが新聞を読んでいた。あまりに型通りなので、わたしはつい笑ってしまった。

「親父」児島くんが呼びかけた。「この前はひどいじゃないか」

「悪かった悪かった」お父さんが新聞を折り畳んで横に置いた。「いや、忘れていたわけじゃなかったんだが、ついつい調子に乗ってしまってな」

「まったく、いつも負けてるくせに、どうして肝心な日だけ勝つかね」

まあ座れ、と児島くんのお父さんが言った。

「ええと、川村さんもどうぞお座りください」

児島くんがまずテーブルの一角に腰を落ち着け、それから隣に座るようわたしに目で合図した。もちろんわたしは言われた通りにした。

「バーチャンは?」

児島くんが言った。出かけてるのよ、と児島くんのお母さんが肩をすくめた。

「今日はみんな出てるの。あたしたちだけよ」

「すいませんね、狭い家で」

児島くんのお父さんが言った。

「いえ、とんでもないです」

わたしはそう答えた。決して狭いとは言えない。十二畳ほどあるリビングルームだった。

「どうも、私は挨拶という奴が苦手でしてね」お父さんが言った。「改めまして、達郎の父です。よろしくお願いします」

「川村晶子と申します。こちらこそどうぞよろしくお願いします」

「何だよ、二人して。妙に格好つけちゃって。いいじゃないの、挨拶なんて。晶子さん、これが親父だよ。親父、こちら川村晶子さん」

「いちいち繰り返さんでもわかってる。そうですよね、川村さん」

お父さんの目が笑っていた。少なくとも敵意を持っていないことだけは確かなようだった。

「ええ……はい、そうです」

「オフクロ、お茶とかいれてくんない？」

「何でしょうね、この子は。妙にいばりちらして」

立っていたお母さんがお茶を入れる準備を始めた。手伝いますといったけれど、今日はお客様ですから座っていてくださいと言われた。わたしとしてもどうすることもできなかった。

「前にお会いした時の方が、元気がありましたな。今日はまるで借りてきた猫のようだ」

「いえ、そんな。どっちかといえば今日の方がふだんのわたしです」

そうですか、と言いながら試すような目でお父さんがわたしを見た。何だか身体検査をされているような気分だった。

「まあ、どちらでもよろしい。とにかく歓迎しますよ、川村さん」

お父さんが言った。わたしは恐縮して頭を下げるだけだった。

「母さん、達郎じゃないが、お茶を入れてくれんかね」

「今やってますよ」ガスコンロにケトルをかけながらお母さんが言った。「そんなことより達郎、あんた今日、川村さんのお宅に伺《うかが》ったんでしょう？」

「うん」

「ちゃんとご挨拶できたの？」

「何とかね」

「何とかねじゃないわよ。また変なこと言ったりしてないでしょうね。お母さん、恥をかくのだけは嫌ですからね」

「子供じゃないんだからさ、ちゃんと挨拶ぐらいできたよ」

だったらいいけど、と言いながらお母さんがお湯のわいたケトルをガス台から外した。

「向こうではどんな話をしたの？」

「どんなって……そりゃ当たり前の話さ。自然な話題っていうかな」

流れだよ、流れ、と児島くんが言った。流れねえ、とお父さんが笑った。

「流れはいいが、お前のことだ、流されっ放しになったんじゃないのか？」

「そんなわけないでしょうに。ちゃんと主張するところは主張してきましたよ」

「例えば？」

「例えばって言われても……そりゃいろいろだよ」

そうか、と言ってお父さんはそれ以上追及してこようとはしなかった。もしこの話題を深追いされたら大変だったので、わたしはほっとした。

「さあ、お茶どうぞ。日本茶ですけど、よかったかしら」

ありがとうございます、とわたしは湯呑み茶碗《ぢゃわん》を受け取った。児島くんもそうした。しばらく沈黙が続いた。

「銘和乳業さんは、その、景気はどうですか」

明らかに場つなぎのためにお父さんがそんな質問を発した。おかげさまで、とわたしは答えた。

「不景気ですけど、良くもなく悪くもない感じです」

「それはよかった」お父さんが言った。「いや、達郎のためにも言ってることでしてね。銘和さんの景気が悪くなれば、必然的に青葉ピー・アール社にもそのしわ寄せが来るでしょう。銘和さんの状況がいいというのは、その意味でもありがたいことです」

なるほど、言われてみれば確かにその通りだ。銘和乳業は青葉ピー・アール社にとって、最大のクライアントだから、銘和がこければ青葉もこけてしまう。達郎のためにも良かったというのは、その意味で当然なことだった。

「どうですか、達郎は。御社のお役に立ってますか?」

やめてくれよ、親父、と児島くんが言った。

「おれはおれなりに一生懸命やってるよ」

「経過ではなくて、結果が問題なんだよ、社会人っていうのは」お父さんが言った。「どうですか川村さん。達郎は何か大きなミスとか犯してませんか」

「いえ、そんなことはありません。児島さんは精一杯よくやってくれていると思います」

「本当ですか? どうもこいつは肝心なところでミスをする癖がありましてね。就職の時もそうです。決まっていた会社は倒産する、本人はそんなこと何も知らないで山に登ったまま。そういう子なんです」

「就職の時の話はうかがいました。運が悪かったとしか言い様がないです」

「しかし、それに気づかないというのもねえ」

「いえ、わたしも児島さんと同じ立場にいたら、同じことをしていたでしょう。仕方のないことだと思います」

そうですかね、とお父さんが言った。どこか、何かを面白がっているような言い方だった。

13

その後しばらく話をしてから、夕食を一緒にとることになった。これはもともと決まっていたことなので、わたしとしても否応《いやおう》はない。覚悟も決めてきたつもりだ。

「いろいろ考えたんですけど」お母さんがガス台にかけていた大きな土鍋《どなべ》を指した。「鍋にすることにしたんです。良かったかしら」

そのまま鍋をわたしたちが座っていたテーブルの中央に置いた。中味はいわゆる寄せ鍋だった。魚あり、肉あり、野菜あり、というタイプだ。

「嬉しいです、鍋」

わたしは言った。これは嘘ではない。

「そりゃよかった。どんどん食べてください」

お父さんが取り皿と箸を渡してくれた。いただきます、と言ってわたしは取り箸を探したが、そんなものはなかった。児島家の流儀では鍋は全員直箸ということらしい。郷に入れば郷に従えという。わたしもその流儀にならうしかなかった。

小一時間ほど児島くんの両親とわたしたちとで鍋をつつき、それで食事は終わった。終わってみればあっさりしたものだった。

食事の間もわたしへの質問は続いた。今、どんな仕事をしているのか、銘和では何が一番売れているのか、そういった仕事関係のことや、わたしの大学時代の話などだ。

もっとも、あまりうまく答えられたとは思えない。緊張してちゃんと答えを返せなかったこともしばしばあった。それでも児島くんの両親はわたしのつたない話を一生懸命聞いてくれた。ありがたいことだった。

「さて、わたしはちょっと失礼して、煙草を吸いにいってきます」

児島くんのお父さんが箸を置きながら言った。

「煙草?」

「うちはさ、オフクロが煙草を吸わないんだ」児島くんが説明してくれた。「それでさ、自然と親父も自分の部屋でしか煙草を吸うことができなくなったってわけ」

「分煙ってこと?」

「まあそういうことになるかな」

失礼しますよ、ともう一度言ってお父さんが立ち上がり、リビングを出ていった。お母さんが土鍋を流しに持っていった。

洗うのを手伝いますといったけれど、やっぱり今日はお客様だからということでやんわりと断られた。まあ仕方がない。わたしと児島くんはひそひそ言葉を交わした。

「ね、大丈夫だって言ったでしょ? 親父はおれたちの交際に反対してないんだから」

「そりゃそうかもしんないけど」わたしは小さな声で言った。「でも、先のことまで考えてるのかしら」

「そりゃ考えてるって。おれたちに残された時間があんまりないってことも、よくわかっているでしょう」

「そうかな。何かお父さんの話聞いてると、そこまで真剣に考えていないっていうか」

「あれは親父の癖みたいなもんでさ。ああいう話し方しかできないんだよ」

お母さんが派手に水をはねちらかしながら、土鍋を洗っている。手伝わなくっていいのかな、とわたしはもう一度言った。

「いいって。オフクロがいいって言ってるんだから、やりたいようにやらせてあげてよ」

「ならいいんだけど」

「そんなことより、今はこっちの方が大事さ」児島くんがわたしの手を握った。「どう、うちの親。晶子さんとしては問題ない？」

「……問題ねえ」

「あるの？」

「いや、別にそんなことは全然ないんだけど」

「何か気に入らないことあった？」

「ううん。とっても良くしてくれたと思う」

「いやあ、それを聞いてほっとしたなあ」児島くんが言った。「気が合わなかったらどうしようと思ってたんだ」

「気が合うとか合わないとか、それはまだ早いけど、とにかくいいご両親だなって思ったわ。これはお世辞でも何でもなく」

「わかるよ」児島くんがわたしの手を離した。「いや、まあとにかく先々うまくやってくれるんであれば、それでいいんだ」

「先々？」

「そりゃあ……つまり、おれたちがその、何ですよ。結婚とかしたりした場合の話ですよ」

結婚。そうだ、よく考えてみれば、わたしたちは結婚するために親との関係をきちんとさせるべく、両家の親に会ったりしているのだ。

今までわたしたちはあまり結婚という言葉を使っていなかった。それはわたしの年齢による。わたしが三十八歳だから、このままつきあっていけば当然その先には結婚というゴールが待ち受けている。

それがわかっていたからこそ、結婚という言葉をあえて使う必要性を感じなかったのだが、この先は結婚を念頭においていろいろやっていかなければならないだろう。思えば気の重い話だ。だけど、仕方がない。わたしと児島くんは十四歳という年齢差を乗り越えて結婚しようと考えている。そのためには、やるべきことをやるしかないのだ。

「達郎」お父さんが戻ってきた。「お前、煙草は吸わんのか」

「今日はいい」

「そんなに川村さんのことが心配か」

そんなんじゃないよ、と児島くんが言った。わたしたちはテーブルの下で、そっと手を握りあった。

男友達について

1

気がつけば、スランプにはまっていた。

仕事も、プライベートもだ。わたしはすべてにおいてスランプに陥っていた。

児島くんとの交際、そして将来的には結婚まで見すえた関係を続けることについて、父はいい顔をしてくれなかった。唯一の救いは、児島家の両親がそれほど反対していないことだったが、あまりいい状況とは言えなかった。

そして仕事においてもそれは同じだった。宣伝部と販売部の暗闘というか争いは未だに続いている。終わる気配さえなかった。否応もなくわたしはその争いに巻き込まれ、心身共にボロボロの状態と言ってもよかった。

そんなところに児島くんから、友人を紹介したいという電話が入った。わたしがいらいらしてつっけんどんな答えをしたのも仕方がないだろう。

「前にも言ったと思うんだけど」児島くんが言った。「おれの友達が晶子さんに会いたがってるって」

「聞いてたけど」

でもねえ、とわたしはため息をついた。児島くんの友人という以上、彼と同年輩の若者がやってくるのだろう。

正直、この齢《とし》になってそんな若い人たちと顔を合わせるのはやりきれないものがあった。だから、今まで友人と会うという話は延び延びになっていたのだ。

「いや、おれだって会わせたいし」

「何でよ」

「自慢の彼女だから」

何をぬけぬけと言ってるのだろう、この男は。

「そんなこと言われたってねえ、こっちにもいろいろ事情があるのよ」

「事情って何？」

児島くんの能天気ぶりは変わらなかった。というか、日ごとにその傾向が強くなっているようだ。

「あのね、児島くん。お友達と会わせたいって気持ちはよくわかるし、ありがたいと思うよ。だけどさ、正直なところなかなかそうはうまくいかないんだよね」

「どうして？」

「どうしてもこうしても、児島くんの友達っていったらあなたと同じぐらいの年齢でしょ？」

「そりゃもちろん」

「そんな若い人に混じって、三十八歳のあたしに何を喋《しゃべ》れっていうの？　話題だって合わないと思わない？」

「だけど、おれと晶子さんは話題が合うじゃない」

「あなたが特殊なのよ」

そうかなあ、と児島くんがのんきな声を上げた。

「おれってそんなに変わってるかな。別にいたって普通の男のつもりだけど」

「いたって普通の男なら、つきあう相手に十四歳も年上の女を選んだりはしません」

「年齢は関係ないよ。おれは晶子さんとつきあいたいからつきあってるだけだよ」

そういうことをあっさり、しかも平然と言ってのけるあたりが児島くんの才能と言ってもいいだろう。いつものことながら感心してしまう。

「よくそんなこと恥ずかしげもなく言えるわね」

「あれ、じゃあ晶子さんはおれとつきあってるのが恥ずかしいってこと？」

「そうじゃないけど」

「だったらいいじゃん。ねえ、いつが空いてる？」

「今、忙しいのよ。知ってるでしょ、モナのこと。宣伝バーサス販売で大変なことになってるんだから」

「ああ、聞いてる聞いてる。何かとんでもないことになってるみたいだね」

あなたが思ってる以上に大変なことになってるのよと言いたかったけど、そこはさすがにこらえた。

「だからいついつって確約はできないわ」

わたしとしては逃げを打ったつもりだったけれど、児島くんは許してくれなかった。いつなら大丈夫かの一点張りだ。さすがにわたしも根負けして、来週の金曜なら今のところ空いてると答えてしまった。

「よし。じゃあその来週の金曜日、もらいます」張り切った声が聞こえた。「いいね？　晶子さん」

「今のところはよ。これからどうなるか、誰にもわからないんだから」

「いやいや、そんなこと言わないで。お願いだから空けたままにしておいてよ」

「わからないって言ってるでしょ」

「信じてますから。それじゃあね」

また連絡するから、と言って児島くんが電話を切った。時計を見ると夜の十時半だった。火曜日、まだ今週は始まったばかりだった。

2

翌日もスランプ状態は何ら変わらなかった。朝一番で販売部の長田課長に呼ばれ、状況に進展があるかどうか聞かれた。何もないですと答えると、こっちもそうなんだよね、と長田課長がげんなりした顔をわたしに向けた。

「うちの部長もさ、もう全然聞く耳持たないというか」

はあ、という大きなため息が聞こえた。わたしも同じようにため息を返した。

「うちの秋山部長もです。何をそんなに意地になってるんだろうかと思うほどで」

「正直言ってさ、仕事はモナだけじゃないんだよね」長田課長がすっかり薄くなった頭を叩いた。

「もっと他にいくらでも仕事はあるのにさ、今じゃモナにかかりきりで、他のことなんて何ひとつできやしない。参ったよ」

「わたしたちもです。参っちゃいますね」実は、とわたしは言った。「もう聞いてらっしゃると思いますけど、宣伝部の後期の予算が大幅に削減されたんです」

「らしいね。聞いてるよ。三割カットだって?」

世界同時不況とやらの影響で、宣伝費がカットされるという噂は前から流れていたのだが、それを秋山部長が正式に発表したのは昨日の朝の会議の時だった。今までの予算から一律三割減、というのがその発表された数字だった。

ひと言で三割と言うが、要するに三分の一カットされるも同然だ。宣伝部としては手足をしばられたも同じ状態ということになる。

「三割っていうのはひどいよな。うちみたいなメーカーだと、宣伝が命ってところもあるわけじゃない? それを三割っていうのはねえ」

「そうなんですよ」

「しかも全商品一律っていうんだから、参っちまうよね。もっともこっちも大変なんだ。販売促進費の二割カットの話は聞いてるかい?」

「そうなんですか?」

「そうなんだよ。だからもう大変さ。上から言われたんだけど、今までやってたスーパーの試飲コーナーとかの撤退を検討するようにってさ」

「宣伝だけじゃなかったんですね」

「まあ、他の企業みたいに人員カットとか、そういうところまで話は進んでないみたいだから、その意味ではまだましな方かもしれないけどね」

いやだいやだ、と長田課長が頭を振った。まったく、聞いているだけで景気の悪くなるような話だった。

「他にもいろいろあるよ。新商品開発の中止とかね」

「それは知りません」

「いや、おれも聞いただけだから、詳しいことはよくわかってないんだけどね。とにかく、秋の商戦はさびしいものになりそうだよ」

「それじゃ、そのうち給料のカットとか」

「あるかもしれない」

「ボーナス未払いとか」

「あるかもしれない。そのうち、希望退職者をつのるとか、早期退職者制度にも手をつけるかもしれないぞ」

まさかそんな、と思った。銘和乳業は歴史も古く伝統もある会社だ。

過去を振り返れば、何度か業績が悪化したこともあったが、人員整理というところには手をつけたことがなかった。それなのに何で今さらと思った。そんな会社じゃないと思っていたから就職を決めたのに。

「要するに、何が起きるかわからないってことさ」

何が起きるかわからない。それはまさに今わたしが陥っている立場そのものだった。本当に、一寸先は闇なのだ。

「とりあえず、モナについて何か風向きが変わるような情報があったら教えてよ。こっちもそうするからさ」

長田課長がそう言い、朝一番の打ち合わせが終わった。だが、まだ続きがあった。宣伝部へ戻ったところに秋山部長から呼び出しがかかったのだ。

3

「ちょっとマズイことになってね」

わたしが呼び出されたのは宣伝部の小会議室だった。秋山部長が、とりあえず座って、と言った。わたしは言われた通り席についた。

「マズイことって何ですか？」

「いや、宣伝部の問題じゃないんだ。というか、やっぱり宣伝部全体の問題なのかな」

珍しく秋山部長は歯切れが悪かった。いったい何があったんですか、とわたしは聞いた。

「スムーザックは知ってるよな？」

当然知っていた。スムーザックというのはムース仕立てのスナック菓子のことだ。銘和乳業の製品としてはかなり古い部類に入る。そして、この商品はわたしの担当だった。

「そりゃ知ってるよな。うちの社員ならだれでも知ってる」

「当たり前です。スムーザックがどうかしたんですか？」

「原材料の一部に小麦粉が使われているのもわかってるよな。スムーザックに限って、その小麦粉が中国原産だったんだ」

「それが何か？」

「わかるだろ？　中国産のその小麦だけが、農薬に汚染されたままだったら？」

まさか、とわたしは思った。そんなことってあるのだろうか。

「あったんだな、これが」秋山部長が苦い表情になった。「要するに汚染された材料で商品を作っていたわけで、もうこれは役員会議でも議題として正式に上がっている。そして昨日、その結果としてスムーザックの製造と販売を一時停止することが決まった」

「スムーザックをですか？」

「そういうことだ」

部長が重々しくうなずいた。そんな、とわたしは言った。

「スムーザックの市場は決して小さくありません。売上高でもトップクラスですし……」

「言われなくてもわかってる。上としても苦渋の決断というところだろう。だが、決まってしまったものはもうどうしようもない。今さら異を唱えても何にもならないんだ」

どうしてあたしばっかり、とわたしは思った。モナといい、スムーザックといい、わたしの担当する件にばかりトラブルが起きる。もしかしたらわたしの責任ではないかという気がしてきた。何かのたたりかもしれない。

「それでまあ、とりあえず宣伝部としては商品回収の新聞広告を作らなければならなくなったというわけだ。スムーザックは君の担当だったよな」

そうです、とわたしはうなずいた。それなら、と秋山部長が言った。

「川村さんのところでその回収広告を作ってほしい。謝罪広告もだ。今まで作った経験は？」

「ありません」

「それじゃ、誰か経験者に確認を取ってもらえ。どんなふうに作るのかとか、どの新聞に掲載するのかとか、そんなことだ」

「秋山部長はないんですか？」

「オレは運が強くてね」秋山部長が小さく笑った。「今まで、そんなものを作らされるはめに陥ったことはなかったんだよ。幸か不幸かね」

「すぐやります」

「そうしてくれ」細かいことは荒巻《あらまき》に聞け、と秋山部長が言った。「あいつは君が宣伝に来る前からスムーザックの担当をしていた。当然、細かい事情もわかっている」

そうします、とわたしは答えた。それ以外何ができただろう。何もできないに決まっていた。

わたしは荒巻というその社員を捜すため、小会議室をあとにした。

4

荒巻係長は三十歳くらいの小男だった。真っ青な顔をして席に座っているのをわたしは見つけ、声をかけた。

「荒巻さん、ちょっと」

荒巻係長が気弱そうな表情をこちらに向けた。少しでも触れたらそのまま倒れてしまいそうな顔になっている。取扱い要注意人物だ、とわたしは思った。

「今、秋山部長から話を聞きました。具体的なことを教えてください」

今まで使っていた小会議室に行こうとわたしは誘ったのだが、荒巻係長はその場から動こうとしなかった。まるでイスに釘《くぎ》づけになっているようだ。

「それがその……」事情と申しましても、と荒巻係長が言った。「まだ判明していない部分も多くてですね」

「それでもいいの。わかってることだけをわたしに教えてください」

本当なら怒鳴りつけたいところだった。とはいえ、朝っぱらからそんなことをしていたら、何があったのかという話になるだろう。噂話のネタにされるのはまっぴらだった。

「ええと、今、確実にわかっていることは」荒巻係長が机の上をひっかき回した。「スムーザックの原材料である小麦粉、その一部に農薬などで汚染された可能性のある小麦粉が混入された可能性があるということだけです」

「可能性？」

「可能性といっても、あのですね、ほぼ確実と思われ」

「どっちなの」

「ええと、はい、おそらく混入してると思われます」

「どうしてそんなことになったの」

「現在調査中です」

何だか、こわれたコンピューターと話しているような気がしてきた。ゲンザイ、チョウサチュウデス。

「その調査の結果はいつ出るの?」

「わかりません。おそらく一カ月ほどかかるかと思います」

「そんなんじゃ全然間に合わないわ!」わたしはついに怒鳴ってしまった。「今週いっぱいで結果を出してちょうだい」

「いや、さすがにそれは無理と思われます」

「無理でも何でも、そうしてもらわないと困るのよ」

「ですが、今日が水曜ですから、今週中ということになると明後日いっぱいということになります。それだけの時間では、とても調査が終わるとは思えません」

なるほど、確かに一カ月かかるかどうかは別として、二、三日で調査を終わらせろというのも無茶な命令かもしれない。杜撰《ずさん》な調査をして、その報告をもとに善後策を進めたのでは性急に過ぎるかもしれなかった。

「わかりました。調査は慎重に、かつ確実に進めてください。なぜこんなことになったのか、再発防止のためにはどうすればいいのか、きちんと調べてみてください」

「わかりました」

それはそれとして、とわたしは言った。

「商品回収の手筈《てはず》は整ったの?」

「はい。既に販売担当役員から販売部の方へ、スムーザックの小売店からの一斉回収について指示が出たと聞いてます」

「スーパーとかコンビニとか？」

「そうです」

ちょっとほっとした。銘和乳業の危機管理態勢が正常に機能していることがわかったからだ。汚染された材料を使っていることがわかっていながら、その商品を放置させたままでいるとしたら、その方がよほど問題だろう。

「……マスコミはこの件を知ってるの？」

「まだのようです。ですが、いずれは正式に記者会見を開くなり、何らかの形で発表しなければならないでしょう」

「そうね。どっちにしたって、回収騒ぎが始まれば彼らもわかることだものね」

想像してみて、わたしはちょっとぞっとした。テレビカメラやたくさんのカメラが並ぶ中、席について頭を下げなければならない立場になったらどうしようと思ったのだ。とてつもなく憂鬱《ゆううつ》な光景であるのは間違いなかった。

「こちらから先手を打ってマスコミに告知するべきだと思うけど、あなたはどう思う？」

「……わかりません」原因によります、と荒巻係長が言った。「原因が中国側にあるのなら、こちらの方から発表した方がいいでしょう。ですが、もし今回の問題の原因が我が社の管理能力によるものだとしたら、これは何とも……」

「うちの責任ってこともあり得るの？」

「……わかりません」またこわれたコンピューターだ。「現在、調査中です」

「最悪の事態も考えておいた方がいいかもね」わたしは言った。「最悪、うちの管理能力に問題があった場合のことを」

「どうしましょう」

「とにかく、対外的なことはわたしたちの考えるべきことじゃないわ。それはもっと偉い人が考えてくれるでしょう。今すぐわたしたちがしなければならないのは、新聞なんかに謝罪広告を打つことよ」

「謝罪広告ですか」

ごくりと唾《つば》を呑む音が聞こえた。作った経験があるかどうか聞いてみると、幸か不幸かある、という答えが返ってきた。五年ほど前、銘和が作っていた特選ブランド牛乳の原料である乳牛を担当者が勘違いし、神戸産と表記すべきところを宮崎産と書いてしまったことがあったという。

「ああ、そんなことあったわね」

「あの時の担当がぼくの上司で、謝罪広告を作るのを手伝わされました」

「じゃあ、今回はあなたが作ってちょうだい。それをわたしが見る形にするから。それでいいわね？」

いいも悪いもないだろう。わたしは課長で、彼は係長だ。命令系統からいってもわたしの命令に従うしかないはずだ。わかりました、と荒巻係長がうなずいた。

「どれぐらいでできる？」

「さあ……見当もつきません」

「午後一時までに作ってください。時間ばかりかけても仕方がないでしょ？」

「午後一時ですか……？」

マニュアルもないその作業を、午前中いっぱいに終わらせるというのは酷なようでもあったけれど、時間をかければいいというものでないことも確かだった。午後一時までです、とわたしは重ねて言った。

「わかりました」

荒巻係長がため息をついた。他社のお詫び広告なんかも参考にして、とわたしは言った。

「とにかく、会社としては恥ずかしいことなんですから、その辺をよく踏まえて謝罪広告の文面を作ってください。よろしいですね」

はい、と鈍い返事があった。わたしはもう一度秋山部長をつかまえて、今の打ち合わせの内容を報告するために立ち上がった。

5

それからの一週間のことは、あまり思い出したくない。

その週の金曜日、各紙に謝罪広告が載った。内容はといえば、弊社が製造販売している商品、スムーザックの原材料に汚染された小麦粉が使われている可能性があるため、安全性が確認されるまで一時販売を中止する、といったものだった。この文案を決めるまでに、七回書き直しを命じられ、そのたびにわたしと荒巻係長は会社中を飛び回ったものだ。

そして月曜日には記者会見がセッティングされ、そこで会社のトップが欠陥商品を販売していたことについて、また健康被害はないことについて正式に報告した。この会見で頭を下げたのは社長だった。

わたしも担当者として謝罪会見に臨んだが、七十を超える老人が泣きそうになりながら頭を下げる姿は見ていて痛々しかった。かわいそうに、と思った。

その会見のあとは取材攻勢が始まった。具体的には、宣伝部に向かって各マスコミからいったい今回の事件はなぜ起きたのかという取材が始まったのだ。

率直に言って、なぜ今回のような事態が起きたのかについて、わたしたちはその理由を知らなかった。現在調査中と答えるしかなかったが、マスコミがそれで納得するはずもない。

執拗《しつよう》に食い下がられ、問い合わせが続いたりもしたのだけれど、わからないことはわからないとしか言い様がなかった。現在調査中です、と答えるのに疲れた頃、ようやく波が収まった。それが水曜のことだった。

思えばまる一週間、わたしたち宣伝部はこのスムーザック問題にふりまわされていたことになる。その間、何ひとつ他の仕事はできなかった。

スムーザック事件は、一種の暴風雨のようなものだった。凄《すさ》まじい勢いで叩きつけられる雨風をどうにかしのいで今日までやってきた。ただ、幸いだったのは、わたしたち宣伝部も含め、その他の部署の対応が素早かったことだ。

そのため、被害を最小限にとどめることができた。これは運がよかったと言えるかもしれない。

もうひとつ言えば、中国産の野菜などに関する問題が他にもたくさんあったことも救いだった。

中国原産の野菜などへの信頼度が低い、というのがマスコミのコンセンサスでもあったから、報道は自然と銘和乳業を攻撃するより、中国側の管理不足を追及するものとなった。

そのため、銘和乳業の名誉はそれほど損《そこ》なわれることにはならなかった。これもまた、運がよかったと言っていいだろう。

この間、児島くんからの連絡はほとんどなかった。週末と週明けにそれぞれメールが届いただけだ。

彼は仕事として毎日銘和乳業に出入りしている。事態がとんでもない方向に進んでいるのを肌で感じることができたのだろう。余計な電話を入れたりしないのは彼の思いやりと言ってもよかった。そして、それはわたしにとってとてもありがたいことでもあった。

そうでなくてもマスコミからの問い合わせに辟易《へきえき》しているところに、彼からもどうなっているのかとかそんなことを聞かれたら、わたしも切れてしまっただろう。いつものことながら児島くんはよくできた子だ、と思った。

そんな児島くんが電話をかけてきたのは木曜の夜のことだった。状況が一段落したのを見はからってかけてきたようだった。

「どう、調子は」

それが彼の第一声だった。最悪、とわたしは答えた。他にどう答えろと言うのだろう。

「だと思ったよ」児島くんが言った。「新聞とか、すごいもんね」

「参っちゃうわよ、ホントに」わたしはここぞとばかりに愚痴を並べたてた。「そんなねえ、毎日何か新しい事実なんてわかりゃしないっていうの。でしょ？　それなのにマスコミの連中ときたら、何かないですか、何かないですかって、うるさいっつーの」

「立場はわかるよ」

「上もひどいのよ、なるべく下でマスコミを押さえろって。自分たちに被害が及ぶのを恐れてるみたい。みんな逃げ腰なの」

「上ってそんなもんだよね」

「あの秋山部長でさえ、今回の件ではちょっと浮き足立っちゃってるのよ」

「そうなんだ」

実際その通りで、信頼すべき上司ナンバーワンの座をほしいままにしてきた秋山部長でさえなお、今回の件ばかりは予想外のものだったらしい。マスコミからの問い合わせに対して、自分が出ていくことはなかった。

「まあ、それはそれとしてさ。先週連絡した件、覚えてる?」

「何だっけ」

「おれの友達と晶子さんを会わせたいって話だよ」

ああ、そうだ、そんなこともあったっけ。一週間前の話など、もう遠い昔のことのようだった。

「ゴメン、児島くん。今、そんな気分じゃない」

「わかりますよ。でも、気晴らしってこともあるじゃない」

「むしろ気が重いわ」

「そんなこと言わないで。出ておいでよ。いつまでも会社にこもっていても仕方ないでしょ」

「別にこもりたくてこもってるんじゃないわ」

「だったら余計出てきなよ。悪い奴はいないから。みんなおれの友達だからね」

「児島くん、悪いけどホントに無理。そんな気になれないの」

「まあまあ、そんなこと言わずに。池袋のボーノって店あるでしょ？　あそこで明日、八時頃から飲んでるから」

「行けないってば。っていうか行かない」

「ボーノだよ。八時からだからね。その気になったら来てよ」

「万が一、そんな気になったら行くわ」

「お待ちしています」

そう言って児島くんが電話を切った。行くわけないでしょ、と思いながらわたしは携帯電話をデスクの上に放り投げた。

6

金曜日。

マスコミからの取材はほとんどなくなっていたが、それでもわたしは忙しかった。何しろこの一週間、対マスコミのことばかりに時間を取られていたため、他の仕事は何ひとつまともにできていなかった。それを片付けるだけでも大変だったのだ。

（つまらない金曜日だ）

我ながらさびしくなった。三十を過ぎてから、金曜日は土日のためにあった。土日をゆっくり休むために金曜日は存在したのだ。

それなのに、いつ終わるかわからない仕事を抱えて、わたしは社内をうろうろしている。いったいなぜなのだろう。なぜこんなことになってしまったのだろう。

（スムーザック）

そう、すべてはスムーザックのせいだった。あれさえなければ、わたしも金曜日の仕事をこなせたはずなのに。スムーザックという商品名は、食べる時、スムーズにザックザックと食べることができることからその名がつけられたというが、ちっともスムーズではない、とわたしは思った。

無言のまま仕事を続けるうちに、フロアから一人去り、二人去り、気がつけば残っているのはわたしだけになっていた。時計を見ると夜の十時をとっくに過ぎていた。

（馬鹿馬鹿しい）

そんなつぶやきが思わず唇《くちびる》から漏れた。たとえ徹夜をしたところで、わたしが今抱えている仕事は今日中には終わらないだろう。明日、もしくは明後日も出勤するしかないらしい。

そう考えると、一人で残って仕事をしているのが馬鹿らしく思えてきた。わたしは身の回りを片付け、帰ることにした。

会社を出た後、どうしてボーノというその店に行こうと思ったのかは自分でもわからない。児島くんが言っていた通り、気晴らしになると思ったのか、それとも児島くんの友達に対する好奇心の表れなのか、それは自分でも判然としなかった。

池袋駅にほど近いそのボーノという店は、店名が示す通りイタリアンの店だった。イタリア風居酒屋、と言った方がより正しいかもしれない。全席スタンディングの、英国のパブのような店だ。

店内は混み合っていた。週末らしく、よく客が入っていた。

待ち合わせです、とわたしは店の人に断ってから、テーブルの間をゆっくり歩き続けた。児島くんはいるのだろうか。もう十一時近い。こんな時間までわたしを待っていてくれるかどうか自分でもわからなかった。

「おっと」

いきなり肩をつかまれた。目線を上げると、そこにいたのは児島くんだった。いつもの優しい笑顔がそこにあった。

「来てくれたんだ」

児島くんが言った。まあ、その、何となく、とわたしは答えた。紹介するよ、と児島くんがわたしを前に押し出した。

「左から大久保《おおくぼ》、鶴川《つるかわ》、斉野《さいの》。みんな大学時代の同級生さ」

こちら、川村晶子さん、と児島くんが言った。

「今、おれがつきあってる人」

どうも、とわたしは頭を下げた。三人の男の子が、やっぱり同じように、どうも、と挨拶した。

「初めまして」顎の角張った大久保という男の子が言った。「噂では常に聞いていたんですよ。何だか初めて会うとは思えないっすね」

「噂？」

「こいつ、いつものろけるんですよ」

妙に肌の色が悪いやせた男の子が児島くんの肩に手をかけた。鶴川という子らしい。

「晶子さんが晶子さんがってね。もう聞きあきたっていうか」

「そういう言い方はないだろ」

児島くんが言った。まあまあ、とがっちりした体つきの斉野という男の子が間に入った。

「すいません、鶴川、酒癖が悪いんです」

「年上のステキなおねーさんがいるって、毎日言ってるんですよお」

鶴川くんが言った。年上はいいけれど、わたしの実年齢を彼らは知ってるのだろうか。それを考えるとちょっと居心地が悪かった。

「晶子さん、何にする？　ビール？　ワイン？」

ビールにしておく、とわたしは答えた。児島くんが通りかかった店員をつかまえて中ジョッキひとつとオーダーした。すぐにビールがやってきた。

「それじゃ、二人の仲を祝して、乾杯！　なんつって」

斉野くんがグラスを高くかかげた。わたしも何となくつられて、乾杯、とジョッキを合わせていた。

「いやあ、それにしてもよかった。会えて感激です」

大久保くんが言った。感激ってどういう意味だろう。

「おれたち四人、山岳部の同期だったんです」斉野くんが言った。「こいつが山岳部なのは知ってますよね？　今どき山岳部なんて入るもんじゃないですよ。とにかくおれたちもてなかったですから」

「もてないブラザーズだもんな」

鶴川くんが叫ぶように言った。静かにしろ、と児島くんがたしなめた。

「だってもてないブラザーズだったことに違いはないだろ」

「今、そんなこと言わなくていいんだよ」

「まあ、おれたちはもてなくてですね」大久保くんが言った。「そりゃ、全然もてないってこともないですよ。たまにはつきあう女子とかもできたりすることもあったんですけど、大体は男同士で過ごすことの方が多かったよな」

そうそう、と斉野くんがうなずいた。

「クリスマスとか、よく山で過ごしたもんだ」

そうなの、とわたしは聞いた。面目ない、と児島くんが頭を抱えた。

「そんな児島にステキなおねーさんができて、よかったなあって言ってたんですよお」

鶴川くんが言った。確かにわたしは立派なおねーさんだが、ステキかどうか自分では何とも言えない。むしろ普通のおねーさんだと思う。

「みなさんは、彼女とかいないんですか」

わたしは尋ねた。三人が顔を見合わせながら、微妙に笑った。

「いないっすねえ、誰か紹介してくんないすか?」

鶴川くんが首を振った。残りの二人も同じように肩をすくめた。

「今、この四人の中で彼女がいるのは児島だけですよ」

「うらやましいんだろ」

児島くんが言った。うらやましいねえ、と鶴川くんがうなずいた。

「あー、オレも彼女欲しい！」

「バカ、そんな大声出すんじゃないよ、みっともない」

「みっともないっつったってしょーがないだろ。いないもんはいないんだからさ」

「うるさいんだよ、鶴川は。少し黙っててくんないか」

「うるさいとは何だよ。オレはオレなりに気を遣ってだな、少しでも場の雰囲気を盛り上げようと思って大声出してるんであって、酔っ払ってこんなことしてるんじゃないぞ」

「わかったわかった。わかったから静かにしてくれ」

わたしはビールを飲みながら彼らの会話に聞き耳を立てていた。何と言うか、とにかく若い！という感じがした。その若さがうらやましかった。もうわたしの手の中にはないものだ。

「うるさくてゴメンね、晶子さん」児島くんがちょっと頭を下げた。「でも、いつもこんな感じなんだよ、おれたちが集まると」

「ううん、別にうるさいとか思わないわ」

「じゃあ、どう思ってる？」

「若いなあって。ただただ感心するばかりよ」

「あ、今、年下のこと馬鹿にしたでしょ」鶴川くんがからんできた。「オレらだってねえ、ちゃんと仕事とかしてるんですからね。こう見えて、けっこうマジメに働いてるんですよ」

その後も会話は続いた。三人がどんな会社に勤めているのかとか、どんな仕事をしているかとか、学生時代のエピソードとか、喋るべきことはいくらでもあった。

わたしはビールというよりその会話に酔っていたのかもしれない。最初はちょっと挨拶をしたらすぐ帰ろうと思っていたのだけれど、ついつい話に深入りしてしまっていた。

「児島の大学時代の話、教えてあげましょうか」

大久保くんが言った。教えて、教えて、とわたしはうなずいた。やめろよ、と児島くんがちょっとすねたように言った。

「どうして？　マズイことでもあるの？」

「こいつら、ろくな話をしないからね」

「そんなことないっすよ」鶴川くんが言った。「児島の大学時代の彼女の話とか、興味あります？」

「あるある」

わたしは答えた。勢いに任せて言ったつもりだったけど、児島くんが真剣になって話を止めようとしたので、つい笑ってしまった。別に昔の彼女のことなんか気にしないよ、児島くん。

「いやあ、今日は盛り上がるなあ」大久保くんが言った。「もう一軒行きましょう。知ってる店があるんです」

どうしようと思った。明日も仕事がある。でも、今のこの楽しい気分を台無しにしたくなかった。

「行きますか」

わたしは言った。大丈夫なの？　と児島くんが目で聞いてきた。大丈夫大丈夫、とわたしはうなずいていた。

友人について

1

〈最近どう？　若い子とはまだ続いてるの？〉

そんな短いメールが三枝敦子《さえぐさあつこ》から届いたのは、それから数日経ってからのことだった。まだ続いているのとは何と失礼なことだろう。

まだ続いてるわよ、とわたしはメールを返した。ついでに、最近児島くんの友人と会ったこともつけ加えた。予想通りというべきか、すぐに電話がかかってきた。

「ちょっと、何なのよ」

「何なのよって、何が？」

「まあ、偉そうに」敦子が言った。「彼氏の友達と会ったんですって？　紹介されたってこと？」

まあ、そういうことになるわね、とわたしは答えた。何ということ、と敦子が電話の向こうでつぶやいた。

「どういう意味よ」

「だって、それって、真剣につきあってるってことでしょ？」

「それもこれもないわよ。真剣につきあってるわよ、あたしたち」

児島くんという十四歳年下の男の子とつきあいだしたという話は、もちろん交際し始めた時から敦子を含め親しい友人に話していた。彼女たちの反応は同じで、不思議だとか、マザコンじゃないのかとか、やや否定的だったことは確かだ。傷つくのはアンタなんだから、あんまり深くつきあうもんじゃない、と忠告してくれた者さえいたのだ。

「ちょっとアンタ、どうするつもりなの」

どうするもこうするもない。流れのまま、つきあっていくだけのことだ。そんな風に言うと、流れのままって何よ、とまた質問が始まった。

「将来のこととか考えてるわけ？」

「考えていなくもない」

「いなくもないって、アンタ」敦子が息を呑んだ。「じゃあ、結婚まで考えてるってこと？」

「そういうことになるわね」

「アンタ、今、自分がどんだけ無茶なこと言ってるのかわかってる？」

「わかってる……つもり」

つもりじゃないわよ、と敦子が言った。

「そんなねえ、そんな甘い話が通用すると思ってんの？」

「通用しないから困ってるんじゃない」

「親は？　親には話したの？」

「話したどころか、会いに来てもらったわよ」

「アンタの親に会わせたってこと?」

そう、とわたしは答えた。重症だ、と敦子が言った。

「晶子、悪いこと言わないから。悪いこと言わないから、アンタやめときなって」

「そんなこと言われたって、どうしようもないもの」

「どうしようもなくないわよ。十四よ。十四歳も年下なのよ。うまくいくわけないじゃない」

「わかってる。でも、今のところは順調なのよ」

「順調なのは今だけよ。もうちょっと月日が経てば、アンタも嫌でもわかるわよ。ああ、敦子はこんな時のためにあんなこと言ってくれたんだなって」

「こんな時、とかあんなこととか、いったい何よ」

わかってないわね、と敦子が舌打ちをした。

「いい? 十四歳下ってことはね、アンタが五十になった時、彼は三十六ってことなんだよ」

「そういう話はもう聞き飽きてるわ」

「何度でも言ってあげる。アンタが五十になった時」

「うるさい」

「まったく」敦子がつぶやいた。「恋は盲目っていうけど、ホントね」

「そこまで自分を見失ってはいないわ。これでも冷静に考えてるのよ」

「冷静に考えたら、十四歳下とつきあうなんてありえません」

「あたしだってそう思ってたわよ。でもつきあうことになっちゃったんだから、仕方ないじゃないの」

「ああ、失敗した。今まで黙って見ていたけど、失敗したわ」

「失敗って何よ」

「もっと友人のためを思って、真剣に忠告すべきだったってことよ」

「敦子、あんた親みたいなこと言うわね」

「そんな気にもなるわよ。それでどうなの、親の反応は」

わたしは口を閉じた。ほらね、と敦子が言った。

「反対されてるんでしょ?」

「まあね」

「そりゃ反対もするわよね。あんた、いったいどうするつもり?」

「何とか説得してみようと思ってるところ」

そんなの無理だって、と敦子が言った。確かに、状況的に見て何か打開策があるわけでもないので、わたしは黙っていた。

「どっちにしてもよ、アンタがその児島くんとかいう彼氏の友達に会ったっていうんなら、あたしにも会わせなさいよ」

「どうして話がそこへ行くのよ」

「どうしてもこうしてもないわ。友人としての責任ってものがあるでしょうに」

わたしは思わず笑ってしまった。友人としての責任って何だろう。要するに、敦子は見てみたいのだ。児島くんという十四歳年下の彼のことを。

「そうなんでしょ?」

「違うわよ、バカ」敦子が乱暴に言った。「会ってみなければ、これ以上何も言えないでしょ？そういうことよ」

あたしは責任ある発言をしたいの、と敦子が言った。別にそんなことを頼んではいないが、敦子は本当にそのつもりのようだった。

「一度、会わせなさいよ」

「えー、だって」

「誰も取って食おうとは言ってないわ。不公平だって言ってるの」

「不公平？」

「彼氏の友達には会うのに、自分の友達には会わせないってどういうつもりよってこと」

「言ってることはわかるけど、まあタイミングが合えばね」

「タイミングが合えばなんて悠長な事言ってる場合じゃないわ。晶子、タイミングってのはね、合うもんじゃないの、合わせるものなのよ」

「だって」わたしは言った。「向こうの都合もあるだろうし、どう考えてるかってこともあるし」

「今すぐ確認しなさいよ。さあ確かめて。さあさあ」

まあ、とにかく聞いてみるわ、とわたしは言った。別に押されてそう言ったわけではなかったが、敦子の勢いは凄まじかった。今すぐ連絡しなかったら友達の縁を切りかねない、そんな感じだった。

「わかったわかった。とにかく聞くから。ね」

「今日中に連絡してよ」敦子がずけずけと言った。「毎日、メールのやり取りぐらいはしてるんでしょ？　だったらそのついでに聞いてみて」

「わかったってば。聞いてみるから」

絶対だよ、と言って敦子が通話を切った。どうしたもんだろう、とわたしは思った。

2

友達があなたに会いたいって言ってるのだけど、というメールを児島くんに送った。折り返すようにして電話が鳴った。

「もしもし、晶子さん？」ちょっと怯《おび》えたような声がした。「どういうこと？」

わたしは事情を説明した。ああ、そういうことね、と児島くんが言った。

「もちろん、お会いしますよ」

拍子抜けするほどいい返事だった。ちゃんと物事を考えてるのだろうか、この人は。

「そんなに軽々しく言わないで。これって結構重要な問題なんだからね」

女が自分の彼氏を自分の友人に引き合わせるというのは、かなり重要度の高い問題だ。あとで何と言って冷やかされるかわからない。よほど自信がなければできないことだ。

「いや、会いますよ、全然」

児島くんがさらりと言った。わたしの心配など、まったく気にしてない様子だった。

「会うって簡単に言うけどねえ」

「いやいや、むしろ会いたいぐらいで。晶子さんの友達なわけでしょ？　今から会っておいた方が、あとあといろいろ都合もいいでしょうに」

「あとあとって何よ」

「晶子さんとつきあうってことはさ、晶子さんの生活圏も含めてつきあうってことでしょ？　だったらさ、晶子さんの友達とかには会っておいて、認知してもらった方がいいって話ですよ」

「認知？」

「認めてもらうってこと。友達とかに反対されたら、気分悪いじゃない」

「それはそうだけど」

残念ながら、友美以外にはもう反対されていた。

「あのね、児島くん」わたしは言った。「わたしとあなたはつきあってる。それは事実よ。でも、それを周囲がどう受け止めるかはまた別の問題なの。わかる？」

「わかりますよ」

「決してみんなが手放しで祝福してくれるわけじゃないの」

「親でさえもそうだもんね」

「そうよ。親でさえそうなんだから、友達が何言うかなんてわかったもんじゃないわ」

「だけど、友達が賛成してくれたら、それが力になるってことはないかな」

「力？」

「この前、おれの友達に会ったでしょ。あいつらは、みんな自分のことのように喜んでくれたじゃない。あれって、少し勇気出なかった？」

勇気。言われてみればそんなような気もした。

「そういうことですよ。友人の一人や二人、会うぐらいどうってことないですよ」

「何なのよ、その、ですよですよっていうのは」

「そう思うからですよ」

児島くんは時々変な言葉使いをする。それが年齢差からくるものなのか、それとも彼の癖なのかはよくわからなかった。

「とにかく、紹介してもらえるんだったら、いつでもこっちはオッケーですってこと」

「本当に？　本当に会うの？」

「本当に会いますって。晶子さんのお友達なわけでしょ？　会わないわけにはいかないじゃないの」

どうも児島くんは何かを勘違いしているようだ。わたしの友達に会うというのは、そんなに簡単なハードルではない。むしろ厳《きび》しい目でチェックされるといっていい。

でも、それを児島くんに言うのはやめた。本人がその気なら、会わせてみよう。そう思ったのだ。

「まあ、じゃあそんなに言うんだったら、会ってみる？」

「だから会うって言ってるじゃないの」

じゃあ連絡してみる、とわたしは言った。

「そっちはいつなら都合がいいの？」

来週だったら、と児島くんが何かスケジュール帳のようなものを開く音がした。やっぱり面倒くさいな、とわたしは正直思った。

3

翌週の水曜日、夜八時、わたしは池袋のマーチというインドネシア料理店にいた。何でそこになったのかはよくわからない。敦子が勝手にそこの予約を取ったのだ。味は保証するからということだったが、本当に大丈夫なのかなと思った。

わたしが店に着くと、もう敦子は待っているところだった。しかも一人ではない。紺野友美という友人、そして大友小百合《おおともさゆり》という共通の友人も一緒だった。

「何、それ」

聞いてない、とわたしは言った。今日は敦子だけだと思っていたのだ。

「ぐちゃぐちゃ細かいこと言わないの」敦子が言った。「あんたたちの話をしたのよ。そしたら、二人とも見たいって」

そうそう、と二人がうなずいた。見たいって、とわたしは言った。

「児島くんは動物園のパンダじゃないのよ」

パンダより珍しい、と小百合が言った。

「十四歳も年上の女とつきあってる男なんて、聞いたことないわよ」

だよね、と敦子が言った。

「その意味ではパンダより貴重かも」

「あのね」バッグを置きながらわたしはイスに座った。「それいったいどういう意味よ」

「べーつにー」小百合が注ぎかけのビールを口にした。「言った通りの意味だよ」

「落ち着きなさいって。ただ見に来ただけなんだから」

敦子が小百合のグラスにビールを注いだ。まったくもう、とわたしは座り直した。

「児島くんは見せ物じゃないのよ」

「児島くんだって」

「児島くんねえ」

三人が感心したように首を振った。本気なのだろうか。それともわたしが馬鹿にされているだけなのだろうか。

「だって児島くんは児島くんだもの。他に呼びようがないじゃない」

「それにしたって」

「ねえ」

「いかにもって感じだよね」

友美が言った。いかにもってどういう意味よ。

「それで、その児島くんはどうしたの？　まだ来ないの？」

少し小百合は酔っているようだった。ちなみに三枝敦子は結婚しているが、他の二人はまだ未婚のままだ。

「さっきメールあった。ちょっと遅れるかもしんないって」

「もったいつけるわね」

「来るんなら早く来なさいよって」

ねえ、と三人がまたうなずきあった。あのねえ、とわたしは言った。

「本当に彼も忙しいのよ。あたしだって、本来だったらこんな時間に会社を出るわけにはいかなかったのよ。敦子、あんたみたいな専業主婦にはわからないかもしれないけど、会社には会社の都合があるの」

「あら。ちょっと問題発言じゃない？　主婦をヒマ人扱いするなんて」

「そっちの二人もよ。あんたたちみたいに派遣だのフリーターだのやってるとわからないでしょうけど、ＯＬはそれなりに忙しいものなのよ」

「はいはい、どうもすみませんね」

自動車会社の派遣社員として働いている友美が言った。ヒマで悪かったわね、と小百合が首を振った。フリーターというのは小百合のことだ。

「そんなことより、聞いた？　今の」

聞いた聞いた、と敦子の言葉に二人がうなずいた。聞いたって何のことだろう。わたしは今何かマズいことを言ったのだろうか。

「彼だって」

「彼だって。彼も忙しいのよ、だって」

「彼かあ」敦子が言った。「久しく使ってないわねえ、そんな言葉」

「あんたんちはご主人のこと、人には何て呼んでるの？」

「ダンナ」敦子が答えた。「もしくはウチの」

「まあ、ダンナと呼べる人がいるだけでもうらやましいわあ」小百合が言った。「あたしもそろそろ落ち着きたいよ」

「アンタ、今つきあってる彼氏とはどうなわけ?」

「どうもこうもないわよ。あんなプータロー」

「何、小百合のつきあってる男ってプーなの?」

女三人寄ればかしましいという。四人集まればもう、騒音とさえ言えた。

わたしたちは近況報告をしあった。それだけで三十分が経った。児島くんが現れたのは夜八時半過ぎのことだった。

4

「遅れてすいません」

児島くんが頭を下げながらわたしたちのテーブルに近づいてきた。いいのよ、とわたしは言った。

「どうせこの人たちヒマなんだから」

「ひどいこと言うわね」敦子が言った。「そんなに主婦もヒマじゃないのよ」

「晶子、紹介してよ」友美が言った。「児島さんって、その人?」

「そうよ。これが児島くん」

半ばヤケクソになりながらわたしは児島くんを紹介した。はじめまして、と児島くんが言った。

「そっち、奥の席から紺野友美、三枝敦子、大友小百合」

「ひどい紹介の仕方」もうちょっと何かあるでしょ、と友美が言った。「仕事とか、何してる人だとか」

「そんなの、話してるうちにだんだんわかってくるわよ」

とにかく児島くん、座って、とわたしは言った。いつものことだが、児島くんはわたしに言われた通り真中のイスに腰を下ろした。改めて考えてみると、やっぱり年の差は大きいな、と感じた。

「児島さん、何を飲みます?」

小百合が通りかかったウエイターをつかまえながら聞いた。ええと、と児島くんが口を開いた。

「とりあえずビールでも」

「ビールだって」

「ビールだってさ」

ジョッキでよろしいでしょうか、とウエイターが尋ねた。はい、それで、と素直に児島くんがうなずいた。緊張しているのが横から見ていてよくわかった。

それはそうだろう。三十代後半の女が三人、わたしを入れれば四人だが、彼を取り囲んでいるのだ。人質にされたような気がしていたのではないだろうか。

すぐにビールが運ばれてきた。わたしたちも全員ビールを飲んでいたので、それじゃあとりあえず乾杯しましょう、ということになった。

「乾杯って、何に?」

小百合が聞いた。決まってるでしょう、と友美が言った。

「目の前のカップルによ、晶子、よかったね」

それじゃ乾杯、とみんなが言った。無言だったのは児島くんだけだ。目まぐるしく動いていく話の展開についていけないようだった。

「どうですか、児島さん」友美が言った。「いきなりでびっくりしました？」

「はい、ちょっと。お一人と聞いていたので……」

「ごめんなさいね、二人も追加が出ちゃって」敦子が手を振った。「だけど、あたしが会うって言ったら、この二人もどうしても会いたいって」

そういうことなんです、と小百合が言った。はあ、と児島くんが口ごもりながら答えた。

「さあ、どんどん食べ物オーダーして。見てくれはともかく、味はいいから」

敦子が言った。それでは、と小百合がメニューを開いた。

5

生春巻、ナシゴレン、豚とピーナツの和え物、チキンのガーリック炒《いた》め、その他頼んだものがテーブルの上に所狭しとならんだ。インドネシアレストランと言うけど、ベトナム料理と少し似ているなと思った。味はどれもスパイシーで、おいしかった。

「児島さんて、お仕事何されてるんですか？」

小百合が聞いた。ＰＲ会社に勤めてます、と児島くんが答えた。

「ＰＲ会社ってどんな仕事なんですか」

「いろいろです。ぼくが担当しているのは主に商品ピーアールですね」

「難しそう」

「そんなことないです。誰でもできる簡単な仕事ですよ」

「そんなことないわ」わたしは言った。「ずいぶん大変な仕事らしいわよ。毎日夜遅くまでこき使われて、忙しいようだし」

「アンタに聞いてないわ」友美が言った。「あたしたちはねえ、児島さんに質問してるの。でしょ?」

そうそう、と二人がうなずいた。ダメだ、こりゃ。手がつけられない。

「おいくつになるんでしたっけ」

「今年で二十四歳になります」

「まあ、若い」小百合が嬉しそうに言った。「いいんですか? 晶子みたいな年上でも」

「はあ。まあ、それは……」

「年齢の話はよしなさいって」わたしは言った。「マジでやめてくれない?」

「だってねえ、一番気になるところじゃないの」

だよね、と三人が口々に言い合った。年齢のことは、と児島くんがビールに口をつけた。

「あんまり気にならないです」

「そうなの? 何で?」

「意識してないっていうか……気にならないんですよね、やっぱり」

「周りの人、友達なんかに何か言われたりしないの?」

「この前、友人には会ってもらったんですけどね。別にとりたてて何も。あ、だけど親とかにはちょっと言われましたね」

「何て？」

「ずいぶん年が離れてるなあって」

三人が笑った。わたしは一人だけ笑えなかった。何しろ、わたしは当事者なのだ。笑ってなどいられない。

「ご両親は反対なんですか？　その、二人の交際について」

「そうでもないですよ」児島くんが鶏の唐揚げを食べながら言った。「うちはそんなでもないです」

「晶子んちは？」

「聞かないで」わたしは首を振った。「今、それが大問題になってるんだから」

「大問題って？」

「大反対されてるってことよ」

あら、そうなの、と小百合がすっとんきょうな声を上げた。

「どうして反対するのかしら」

「親に聞いてよ」

「だってねえ、児島さんは若いけどずいぶんしっかりしてるみたいだし、反対する理由がわかんないっていうか」

世間体みたいなもんじゃないの、と友美が言った。

「世間体？」

「そりゃあ、確かに児島さんはしっかりしてるように見えるわよ。だけど、親ともなるとそういう目線で見ないんじゃないかな。むしろもっとバランスの取れた人っていうの？　そういう方が安心できるんじゃないのかな」

大きなお世話だ、とわたしは思った。そんなこと、言われなくても自分が一番よくわかってる。

「でも、こんなにステキな人なんだし、晶子の親も了見が狭いっていうか……ねえ」

「小百合、ちょっと言い過ぎ」

敦子がやんわり注意した。そうかな、と小百合がグラスを空けた。

「だって、児島くん、いいじゃん。なかなかいないよ、こんなの」

いつの間にか呼び方が児島さんから児島くんに変わっていた。昔からそうだけれど、小百合は酔っ払うと手がつけられなくなるところがある。

「人の彼氏つかまえて、こんなの呼ばわりはないでしょうよ」

だが、わたしの言葉はむなしく宙をさ迷うばかりだった。彼氏だって、とまた小百合が大きな声をあげた。

「彼氏だってさ！　彼氏！」

まあまあ、と敦子がその手を取った。

「小百合、騒がないの」

「だって彼氏だって」

「本当に彼氏なんだからしょうがないでしょ」

少し黙ってなさい、と敦子が言った。いつものことだが、酔っ払った小百合の相手は敦子と決まっている。小百合がつまらなそうに、ビールのお代わりを頼んだ。

6

それからも話は続いた。ほとんどが児島くんに対する質問だ。川村晶子のどこがよくてつきあうことにしたのか、つきあってみてどう思ったか、今の気分は、そんなことだ。いろいろ児島くんが真面目に答えるたび、笑い声が起きた。

しばらくして、話が一段落ついた時、児島くんがちょっとトイレへと言って席を立った。その時、それまで黙っていた小百合が立ち上がった。

「この幸せ者！」

いきなりわたしの腕をつかんでそう言った。幸せばかりじゃないのよ、とわたしは答えた。

「さっきも言ったでしょ？　親が反対してるって」

「そんなの関係ない！」小百合が叫んだ。「あんな子供みたいな子をだまして、それでいいと思ってんの？」

「だましてなんかないわよ」

「いいえ、だましてます。だよね？」

「だましてるかどうかは別として、晶子、ちょっとアンタがうらやましいって思うわ」

友美が言った。何が、とわたしは尋《たず》ねた。

「何がじゃないわよ。コノヤローって感じかな」

「どういう意味？」

「若いっていいよね。ホント、うらやましいわあ」敦子が言った。「もうさ、肌なんかピチピチしててさ。いいよねえ、ああいうの」

「オヤジみたいなこと言わないでよ」

「いや、オヤジ目線にもなるって」友美がつぶやいた。「あんなに若いとは思ってなかった」

「だって言ったでしょ？　本人も言ってたけど、十四歳下なのよ。十四も下なら、そりゃ若いでしょうに」

「若いっつったって程があるわ。晶子、あんなのとつきあってるんだ。正直言いますけどね、ちょっと凄いと思うよ」

「凄いって何が？」

「いや、よくつきあえるなってことよ。ていうか、どうしてあんないい男がアンタを選んだのか、それが一番のミステリーだわ」

「失礼ね。彼に見る目があったってことよ」

「だまされてるんだ」

小百合が言った。そうとしか思えない、と二人がうなずきあった。

「何なの？　お金でも払ってるわけ？」

「失礼だわ。児島くんはね、ホストじゃないのよ」

「だってそうとしか思えないもの。見た？　あの肌のツヤ。若くなきゃああはなれないってものよ。それに手足の長いこと。いかにも今時って感じね」

「だって児島くんは今時の男の子なんだもの」

「それにしたってだわ。しかもおとなしいし、言う事は聞くし素直だし、百年に一度の大幸運が来たと思いなさいよ。そう思わなかったらバチが当るわ」

「バチって」

そんなおおげさな、とわたしは手を振ったけど、三人は真剣だった。それからもしばらくガールズトークは続いた。

ガールズというにはちょっと年がいきすぎていたかもしれないが、冷やかしたり、うらやましいなとちょっとすねてみたり、典型的なガールズトークといっていいものだった。

そんなところへ児島くんが戻ってきた、三人が声を揃えて、おかえりなさい、と言った。ちょっと不気味な光景だった。

7

児島くんの肩の辺りから、ちょっと煙草の匂《にお》いが漂ってきた。どうやら彼はトイレに行ったついでに煙草を吸ってきたようだった。この店は全面禁煙なのだが、入り口のところに喫煙所がある。目ざとい彼はそれを見つけていたようだった。

「何の話をしていたんですか?」

児島くんが尋ねた。それは女子の秘密ってことで、と敦子が言った。

「そんなことより、もっと児島くんの話が聞きたい」

「別に、これといった話はないですけど」

それでも彼はわたしたちの出会いとそれからのことについてぼそぼそと語った。去年の冬、クリスマスに一度別れたことも含めてだ。三人とも、その流れについてはわたしから聞いて知っているはずなのに、さも初めて聞くような神妙な表情で児島くんの話を聞いていた。

「すごいね、それって」友美が言った。「まさに運命的な出会いじゃん」

「まあ、そういうことになりますかね」

児島くんが言った。すごいすごいとみんなが拍手した。

「一度別れちゃってるわけでしょ？　それなのにまたくっつくなんて、やっぱり運命の相手だわ」

「どうやって元に戻ったの？」

「それは晶子さんに聞いてください」

児島くんが言った。晶子さんだって、と三人がささやきを交わした。

「いちいち茶々入れるのやめてくんない？」

「晶子さんって呼んでるんだ」敦子が言った。「それで、晶子は彼のことを何て呼んでるの？」

「聞くまでもないでしょ。児島くんは児島くんよ」

児島くんと晶子さん、と小百合が歌うように言った。児島くんと晶子さん。児島くんと晶子さん。いいかげんにしろっつーの。

「まあ、何でもいいけど。もう聞くだけのことは聞いたでしょ」

わたしは言った。何か質問はありますか、と児島くんが尋ねた。

「いや、実はまだ仕事が残っているんです。今から会社に戻らないといけないもんですから」

児島くんが言った。えー、ウッソーと声が飛んだ。

「もう十時よ、今から会社に戻ったって仕方ないじゃないの」

友美が言った。そうでもないんです、と児島くんが首を振った。

「明日の朝イチまでに作らなければならない資料があってですね。申し訳ないんですけど、ちょっと失礼しなくちゃならないんです」

「ほらほら、児島くん帰らなきゃならないのよ。もう十分でしょ？　聞くだけのことは聞いたでしょ？　児島くんはね、みんなと違って忙しいの」

わたしはみんなに向かって言った。うそお、と小百合が駄々をこねた。

「まだ話はこれからじゃないの」

「いや、その、本当にすみません。ぼくなんかで良かったら、またいつでもみなさんが集まってるところへ顔出しますから」

それじゃ、これで失礼します、と言って児島くんが席を立った。あたし、送ってく、と言ってわたしもその後に続いた。

「妬《や》けるわねえ」

そんな敦子の声を背中で聞きながら、わたしたちは店のエントランスへ向かった。

「ごめんね、児島くん。そんな忙しいところ、無理に顔出してもらって」

「とんでもない。こっちこそ中座しちゃってどうもすみません」

児島くんが微笑みながら言った。自動ドアが静かに開いた。

わたしは児島くんと一緒に表へ出た。風がさわやかな夜だった。

「本当にゴメン。口うるさいオバサンに囲まれて、大変だったでしょ」

「別にオバサンだなんて、そんなこと思ってないよ」

「本当に?」

「マジでマジで。みなさんすごく個性的で魅力あふれる三十代って感じだったな」

「だったらいいけど」

仕事、そんなに大変なの、とわたしは聞いた。今、かなりテンパってる、と児島くんが答えた。

「前にも言ったと思うけど、やっぱり二人も会社辞めるときびしいですよ。その分の仕事が、全部こっちに回ってきちゃうんだからね」

「体、大丈夫なの?」

「体はね、全然大丈夫だけど、頭がついていかなくて」

児島くんが苦笑した。お互い忙しいわね、とわたしは言った。

「そうだよ。晶子さんの方こそ大変なんじゃないの?　モナの件もそうだし、今回のスムーザックの件もそうだよ。いっつも、心配してますよ」

児島くんがわたしの肩をぱんぱんと二度叩いた。わたしはため息をついた。

「モナはともかく、スムーザックの件はねえ、あまりにも突然だったから」

「トラブルっていうのはさ、いつも突然やってくるもんだよ」

「わかったような事を言うわね」

「社会人になってもう一年経つからね。それぐらいのことは言えますよ」

じゃ、おれ行くから、と児島くんが手を振った。気をつけてね、とわたしはその後ろ姿を見送った。駅の方へと向かう児島くんが、振り返りながら去っていった。

(さて、と)

席に戻らなければならない。みんなが待っているあのテーブルへと。

今から何を言われるのか、どんなことを言って冷やかされるのか、だいたいわかっていた。おそらく三人が三人とも言葉の限りを尽くしてわたしと児島くんの仲をあれこれ言うだろう。でも大丈夫。何を言われても気にはならない。わたしと児島くんの関係はそれほどもろくはないはずだから。

さあ、覚悟を決めよう。どんなに冷やかされてもやっかまれてもうらやましがられても気にしないことにしよう。いや、むしろ積極的に冷やかされたいという考えが胸の中に浮かんだ。

(だって)

児島くんはわたしの彼氏だから。誰がどう言おうと、それは事実なのだから。

わたしは自動ドアの前に立った。そんなわたしを歓迎するかのように、ドアがゆっくりと開いた。わたしは店の中に足を一歩踏み入れた。

父との話について

1

父から連絡があったのは、土曜日の早朝だった。

ご多分に漏れず、老人の朝は早い。わたしは電話があったことに気づくことのないまま、ベッドで眠っていた。

着信があったことを伝える赤いランプの点滅に気づいたのは、起き出した朝八時頃のことだ。

着信時間は六時十五分だった。留守電を聞いてみると、次のようなメッセージが残っていた。

『えー、あー、これは晶子の電話でいいのか？　父さんだ。どこかで時間を空けてもらえないだろうか？　たいしたことじゃないが、話がある。よろしく頼む』

えーとかあーとか、余計な前置きは長かったけど、要するに娘であるわたしに会いたいという伝言だった。いったいどういうことだろう。

父とは、しばらく前に児島くんと一緒にわたしの実家を訪れて以来、連絡はなかった。はっきり言って断交状態だ。

父は児島くんとの結婚問題について、口ではともかく本音では反対の意見を持っていた。わたしの母はちょっと古風なところがあって、基本的に父の決めたことについては反対しないという立場を取る。つまり、川村家は正面からわたしと児島くん問題について、反対しているということだ。

それならそれで仕方ない、とわたしは思っていた。確かに、女であるわたしの方が十四歳も上だというのでは、両親が反対するのもよくわかる。

だから、もうそれについてあれこれ言う気はない。気長に両親が折れてくれるのを待つだけで、こちらから説得しようとは思っていなかった。

そんなところに入ってきた父からのメッセージ。わたしとしては無視できるものではなかった。まだ朝の八時を回ったばかりだが、向こうも六時過ぎに電話をかけてきた以上、こちらからかけても問題はないだろう。とりあえず電話してみることにした。

電話に出たのは母だった。お父さんはと聞くと、散歩に行ってるという答えが返ってきた。

「もうね、お父さんもボケが入っちゃってるから、いちいち相手にしてるとストレス溜《た》まるのよ」母の声のトーンが高くなった。「最近じゃ朝の散歩が日課になっちゃって、雨が降っても歩きにいくの」

わたしはちょっと携帯から耳を離した。ストレスが溜まっているのはわかるが、そんなに大声で言わなくてもよくわかるというものだ。

それはいいけど、今日電話があったのよと訴えると、そうなのよ、と母が言った。電話をしている声で起こされたという。

「どこにかけてるんだろうと思ったら、晶子だったのね」

「何の用事かわかる？」

尋ねたわたしに、わからないわ、と母が答えた。

「わかるわけないでしょう。父さんの考えてることなんて」

「それでも妻なの？」

「あら、お言葉ね。立派な妻ですよ」

「だったら父さんが何を考えてるのかぐらい、把握しておいてもらいたいわ」

無理よそんなの、と言いながら母が笑った。笑うところじゃないと思う。

「父さん、何時ぐらいに帰ってくる？」

「いつもの調子だと、あと一時間ぐらいかかるかしら」

「わかった。その頃を見計らってまた電話する」

「こっちからかけさせるわよ」

「いいって。あたしの方からするから」

そうなの？　と母が言った。わたしとしては、いつかかってくるかわからない父の電話を待っている方がよほどいらいらするのだ、と答えた。

「まあ、いいけど、どっちが電話かけようと。好きにしてちょうだい」

こっちから電話するからね、と念を押してから時計を見た。朝八時を五分ほど回ったところだった。

2

明日、会えないか、というのが父の第一声だった。わたしはきっかり九時に電話をしていたのだけれど、ちょうど帰ってきたばかりという父を捕まえることに成功していた。

「明日？」

何にしても急な話だ。いったい何の用があるのだろう。

「何なのよ。あたしも忙しいんだからね」

「それはわかってる。でも明日は日曜日じゃないか」

「日曜だから余計に忙しいってこともあるのよ」

そうかね、と父が言った。しばらくわたしは黙っていたが、父が何も言わないので、自分の方から声をかけた。

「どうしてもって言うんなら、時間空けるけど」

そうしてもらえると助かる、と父が言った。父としては珍しく、本当に感謝しているようだった。

「でも、何の用なのよ。わざわざ娘を日曜に呼ぶなんて」

「電話じゃ説明できない」

「そんな難しい話なの？」

「いや、難しくはない。ただ、電話で説明するのは難しいと言っている」

「何だかよくわからないけど、まあいいわ。何時に行けばいいの？」

「それはお前の都合に合わせる」

わたしはちょっとだけ考えた。明日は久しぶりに児島くんと会う約束があった。

ランチでも食べましょう、というつもりだったのだけど、こうなると仕方ない。ランチをディナーに変更だ。

「わかった。じゃあ昼頃行く」

母さん、と父さんの呼ぶ声が聞こえた。晶子が明日の昼頃来る、と言っているのがわかった。

「もしもし、父さん？　別に娘が行くからって、何かあるわけじゃないんだからね」

「それはわかってる」

父が言った。

「だからそんなに大騒ぎしないでよ」

「騒いでいるつもりはない。ただ、昼頃に来るというのなら、食事を用意しないといけないだろ？」

「余計な気づかい、ご無用です」

「別に気をつかってるわけではない。親としての義務だ」

「とにかく、食事もお茶もいらないわ。ただ行くだけよ。ねえ、電話じゃ済まない話なの？　小平、こっちから行くとそこそこ遠いのよ」

「電話じゃ無理だ」

けんもほろろな言い方だった。こういう口調で話す時、めったなことで父が折れないのをわたしは知っていた。

「どれぐらい時間がかかる話なの？」

「それはお前次第だ」

「あたし次第ってどういう意味よ」

「来ればわかる」

あらそうですか。とにかく、父は何について話し合うのかを、わたしに言うつもりはないようだった。

「じゃあ、とにかく行くわ」

「そうしてくれ」

わたしは生返事をしながら電話を切った。そしてそのまま、携帯電話の電話帳機能を使って、児島くんの携帯電話の番号を押した。幸いなことに、すぐ彼は出てくれた。

「どうしたの、こんな朝早くから」

「うん……ごめんね、児島くん。起きてた？」

「起きてはいましたけど、ぼんやりとしているところです」

わたしは思わず笑ってしまった。起きてはいるけどぼんやりしている児島くんのことを想像したら、ついおかしくなってしまったのだ。

「何、笑ってんの？」

児島くんが不思議そうな声で聞いてきた。

「何でもない。ただちょっと、おかしくなっただけ」

「何だかな。よくわからないな」

「いいのよ、わかんなくて」わたしは言った。「ところで、明日の件なんだけど」

「ああ、はいはい」

「ちょっと実家から呼ばれちゃって」

「へえ」

「明日、昼から会うって約束だったでしょ？　でもそういうわけで、昼からっていうのは無理になっちゃったのよ」

「そうですか」

張り合いのない声で児島くんが答えた。

「それで、悪いんだけど、夕方ぐらいになりそうなの」

「わかりました。時間をずらせばいいんでしょ？」

「そういうこと」

わたしはため息をついた。残念ですね、と児島くんが言った。

「明日は久々にゆっくりすごせると思ってたんですけどね」

「ごめん」

「いや、晶子さんが謝ることじゃないよ。仕方のない話で」

「ごめんね」

わたしは深々と頭を下げた。児島くんには見えないだろうけれど、他にするべきことがなかった。

「仕方ないって。それより、実家の方の用事って何なんすか」

「会わないと説明できないって言うのよ」

「会わないと説明できない？」

「そう父が言うの」

「何の用ですかね」

「さっぱり」わたしは肩をすくめた。「見当もつかないわ」

「時間のかかる話なんですかね」

「父の口ぶりじゃそんなことはなさそうだった」

「何の話でしょうね。時間を取らずに、だけど会わなきゃわかんないなんて」

「さっぱりわかんないわ」

わたしたちは同時に声を揃えて笑い、同時に押し黙った。じゃあ明日の件はどうしましょう、と児島くんが言った。

「実家を出たところでメールする。たぶん都心に出るのは、小平から三十分ぐらいかかるから、身支度ぐらいできるでしょ？」

「了解しました。じゃあ、家で連絡待ってます」

「ごめんね、土曜日なのに、こんな早くに電話して」

「いいんです。むしろ早起きになってよかったですよ」

相変わらず児島くんは人の心を和ませる天才だった。ごめんね、ともう一度繰り返してから、わたしは電話を切った。疲れる朝だった。

3

翌日、日曜日。わたしが実家のある小平駅に着いたのは、昼の十二時だった。

駅の北口からまっすぐ十分ほど歩いていけば、そこがわたしの実家だ。道は一本でわかりやすい。

(やれやれ)

わたしは右手に持っていたバッグを左手に持ち替えた。一体何があるというのだろう。のんびりと歩きながら、そんなことを考えていた。

会わないと説明できない、と父は言った。どういう意味かはわからないが、何かがその発言の裏に隠れているような気もした。ただ、その何かというのがわたしにはわからなかったのだ。

(まあいいいや)

今のところ、わたしは父が言っていた言葉以上の判断材料を持っていない。そして父はああいう人だから、余計なことは何も言わなかった。

つまり、今のままだと憶測だけで物事を考えることになってしまう。それが無意味な行為であることぐらい、誰だってわかるだろう。

(児島くんのことだろうか)

思い当たることといえば、それしかない。既に児島くんと父はたった一回とはいえ、会っている。そして父がわたしたちの交際についてあまり良くない感情を持っていることも、わたしは知っていた。

(また反対されるのかな)

父の立場は明確だった。十四歳も年下の男と交際したところで、うまくいかないに決まっている。しかも結婚が前提だというならなおさらだ。

そんな年齢の離れたカップル、しかも女のほうが年上だなどというカップルは聞いたことがない。どうせうまくいかないのなら、今のうちに交際も止めておいた方がいい、といったところだろうか。

確かにお説ごもっともで、返す言葉はない。女であるわたしが十四歳上ということは、わたしが五十歳になった時、彼はまだ三十六歳ということだ。そこだけを見ていると、父の言っているのは正論で、反論することはできなかった。

ただし、だ。年齢のことさえ脇《わき》に置いておけば、わたしたちは仲のいいカップルだ。十四歳の年齢差を乗り超えて、よく出来たカップルだとも思う。

それはわたしの友人たちも、そして児島くんの友達も認めてくれていたから間違いない。彼ら彼女らに言わせれば、年齢を超えた仲の良い二人ということになるだろう。

そして、わたしにも自負があった。年齢差から来るジェネレーション・ギャップのようなものを除けば、わたしと児島くんはあらゆる点で馬が合う、ということだ。

児島くんと一緒にいて、話題に困ることはなかった。何をしていても楽しかった。

(もう放っておいてくんないかな)

わたしの友人、そして児島くんの友人たちも、わたしたちの関係性については納得している。

そしてどうやら児島一家もわたしたちの交際について反対はしていないようだ。

つまり、わたしたちに対してNGを出しているのは、わたしの父だけということになる。父さえ反対していなければ、すべては丸く収まるというものだ。

(もしかしたら)

父が意見を変えて、わたしたちの交際を認めるということなのかもしれない。そうでなければ、会って話したいとは言わないだろう。そうかもしれない。

現金なもので、わたしの歩くスピードが速くなった。実家はもう目と鼻の先だった。

4

チャイムを鳴らすと、出てきたのは母だった。

「意外と早かったわね」母が言った。「もうちょっと遅くなると思ってたんだけど」

「昼過ぎには着くって言っといたけど」

「ああ、そうだったわね」

わたしはパンプスを脱いで、玄関先に上がった。お父さんはと尋ねると、自分の部屋、という答えが返ってきた。

「ちょっと晶子、あんた父さんのこと呼んできてよ」

「あたしが?」

「いいじゃないの、そんなに広い家でもないんだし」

意味のない言い合いを続けていたら、父がいきなり現れたので驚いた。

「何をごちゃごちゃ喋ってるんだ」

ソファに座りながら父が言った。大したことじゃありません、とわたしは答えた。

「済まなかったな」父が片手を上げた。「日曜日だというのに、わざわざ来てもらって」

「そんなことはいいけど、何なのよ、会って話したいことがあるって」

うむ、と生返事をした父が、お茶と言った。母がすぐに湯呑茶碗を持ってきた。

「お前、お茶は？」

いるわよ、とわたしは答えた。母が別の茶碗にお茶を入れた。

「どうもありがとう」

わたしはそう言って、立ったまま湯呑みを抱えた。父がソファに座って、お茶を飲んでいる。

その姿を見て、父も母も老いたな、と思った。

お茶はいいけど、何のために呼んだのよ、とわたしは単刀直入に聞いた。会社はどうなんだ、とはぐらかすように父が言った。

「どうって、別にこれといって変わりないわよ」

「いろいろ大変だと聞いているが、本当のところはどうなんだ」

「まあ、ボチボチって感じかしら」

座りなさい、と父が言った。わたしはソファの反対側に腰を落ち着けた。

「何とかなってるならいい。銘和は安定した会社だからな」

「そうよ。だから入ったのよ」

受け答えが乱暴になっているのは自分でもわかっていたけど、それを止めることはできなかった。会社の状況を聞くために父がわたしのことを呼んだとも思えない。いったい何の用件なのだろうか。

それからしばらく沈黙が続いた。わたしが口を開いたのは五分ほど経ってからのことだった。

「それでお父さん、用って何なの?」

「用?　用件か」父がまた言葉を濁《にご》した。「用件はあるよ。そうでなければ、わざわざ日曜日に来てもらう必要などないからな」

「そうよ。いったい何の用なのよ。来なければわからないなんて思わせぶりなこと言って」

「別に思わせぶりなことを言ったつもりはない。ここへ来て、直接自分の目で確かめてもらいたいことがあったからだ」

「確かめる?」

ちょっと待ってろ、と父が言って、自分の部屋に入っていった。戻ってきた時には、手にクリアファイルを持っていた。

「何よ、それ」

「まあ見てくれ」父が座った。「これは……その、何だ、写真だ」

「写真?」わたしはクリアファイルを受け取った。「何よ、写真って」

「いちいちうるさい。たまには黙って言うことを聞かないか」

クリアファイルの中に挟まっていたのは、十枚ほどの写真だった。数人で写っているものもあったが、基本的には一人の男性を写しているものだ。すべてがスナップ写真だった。

その男性はだいたい三十代の中頃といったところだろうか。かなり痩《や》せていて、背が高い。髪の毛は短めで、全体のイメージとしては何かスポーツをやっていたことのある人だろうと思わせるところがあった。

「見たわよ」わたしは顔を上げた。「それで、何か?」

「もっとよく見ろ」父が言った。「お前は昔からそうだ。興味のないことにぶつかると、すぐ適当な返事をする。母さんそっくりだ」

そんなことはないでしょう、と母が言った。わたしはもう一度写真を眺めた。

写っている男の人は端正な顔立ちをしていた。学生の頃はもてただろうし、年齢を重ねた今になってなお、ある種の女性から熱い視線が送られるタイプの人だ。

わたしは写真をきれいに揃え、クリアファイルに戻した。もちろん、父が何のためにそんな写真をわたしに見せたのかはよくわかっていた。

「どういう人なの?」

「中村《なかむら》さんという人だ。下の名前は実《みのる》。父さんの知り合いの知り合いでな、今は武蔵野《むさしの》市役所で働いている。要するに公務員だな」

「何歳なの?」

「四十と聞いている」

四十歳か。年齢のわりにはオシャレな人だと思った。おまけに言えば、写真の中村さんは実年齢より若く見えた。

「それで」わたしは言った。「この人が何なの?」

「中村さん、と呼ぶことにするがね、中村さんは二十代の時結婚したそうだ」

「そりゃ何となくわかるわ。若い頃はもてたような感じするもの」

「ところが、いいことばかりじゃなかった。要点だけを言うが、中村さんの奥さんが乳ガンになった。もちろん手術もしたし、打てるだけの手は打った。だが、三年前に奥さんは亡くなられたそうだ」

なるほど、とわたしはうなずいた。それでな、と父がわたしの差し出したクリアファイルを受け取って、テーブルに置いた。

「いちいち言う必要もないと思うが、中村さんはまだ若い。四十になったばかりだ。これは聞いた話だが、市役所で公務員などをやってるわりにはよく働くらしい」

ずいぶんとねじ曲がった意見だが、言わんとすることはよくわかった。確かに、公務員というのはなかなか仕事をする人がいないのも一面の真実だ。

「それで、父さんとしてはどうしたいわけ？」

「一度会ってみてはどうか、と思っている」

「つまり、見合いをしろってこと？」

「見合いとか、そんな大上段に構えた話ではないんだ、これは。会ってみて、あとのことはそれから考えればいい」

お父さん、とわたしは背筋を伸ばしながら言った。

「あたし、つきあってる人がいるのよ。この前、家にも連れてきたでしょう？」

会った、とは父は言わなかった。その代わり湯呑茶碗に手をかけた。

「晶子、あの子はまだ若い。若すぎるといってもいいだろう。今勤めている会社だって、契約社員だと聞いた。そんな不安定な男に娘を持っていかれるわけにはいかない」

「契約社員なのは仕方ないでしょ、このご時世なんだから」

「給料だって決して高くはないはずだ」

「そりゃあね、児島くんはまだ若いし、収入なんか高が知れてるわ。だけどね、彼だってそのうち正社員として働くことになると思う。あんなに仕事熱心な人はそうそういないもの。それにね、PR会社っていうのは、転職が当たり前の業界なの。いつになるかはわからないけど、電通や博報堂から転職の誘いがくるかもしれない」

「お前は楽観的すぎる」

「楽観論を述べてるんじゃないわ。可能性について言ってるの」

「可能性の話なら何だってできる。今、お前がつきあってるというその男が、将来日本の総理大臣になるかもしれないとかな」

「そんな話じゃなくて」わたしは首を振った。「むしろ現実に沿った話をしてるの。あたしだって、だてに十何年も働いてきたわけじゃないわ。PR会社から大手の広告代理店に転職していった人を何人も見てるから、そう言ってるのよ」

父が無言で湯呑茶碗に手をかけ、ひと息でお茶を飲み干した。

「晶子……父さんはあまりお前のことについてストップをかける気はない。今までもそうだったが、この家のモットーは自由ということだ。責任を取ることができるなら、どんなことをしても自由だと思ってるし、お前をそのつもりで育ててきた。だがな、晶子。あの男は駄目だ」

「どうして？　収入が少ないから？」

「それもある」

「あとは何なの？」

「父さんが言ってるのはバランスの問題だ。晶子、お前とあの男ではバランスが取れていない。年齢のこともそうだし、仕事のこともそうだ。とにかくお前とあの男ではバランスが取れない。父さんもな、父さんの同僚とかで釣り合いの取れない結婚をしてきた人を何人も見てきた。結婚というのは、その釣り合いがどこかで取れていないと駄目になってしまう。父さんの言ってることがわかるか」

「わかるわよ。お父さんの言ってるバランス論もわかるわ。その上で言うけど、児島くんとあたしは釣り合いが取れてるの。ちょうどいい感じなのよ」

「今だけだ、晶子」父がゆっくり首を振った。「バランスが取れてるように見えるのは今だけなんだよ」

「どうして？　何でそんなことが言えるの？」

「晶子、恋愛と結婚とは違う。人生の先輩として、それだけははっきり言わせてもらおう。いいか、恋愛と結婚は別なんだ」

「そうなの？　じゃあ、父さんも母さんと結婚する時、釣り合いとかバランスとかを考えてたわけ？」

それは、と口を開いた父が湯呑茶碗の縁を指だけで叩いた。

「考えなかったと言えば、嘘になる」

「そうなの？　じゃああたしは、妥協の産物としてこの世に生まれてきたってこと？」

「飛躍しすぎだ、晶子。そんなつもりは父さんにも母さんにもなかった」

「だって、そうとしか聞こえないもの」

そうじゃない、と父が言った。

「とにかく、お前が理解しようとしまいと、現実というのはバランスの上に成り立っているものなんだ。結婚などと言ったら、ますます現実が肩にのしかかってくる。そういうものだ。わかるか」

全然、とわたしは答えた。父がまた湯呑茶碗を指だけで叩いた。

「まあいい。あの男の話はあとにしよう。とりあえず、晶子、お前は中村さんに会ってくれないか」

「何でよ」

「頼む。父さんの顔を立てると思って、会ってくれ」

「そんなの、会ったって何の意味もないわ」わたしは言った。「お父さん、あたし言ってるでしょ？　つきあってる人がいるって。それなのにつきあう気もない知らない男の人と会って話すことに、どういう意味があるの？」

「会ってみれば気が変わるということもある」

「変わんないと思うな」わたしはつぶやいた。「母さんはどう思うの？」母が小さくうなずいた。「会ってみて、いい方だったらそれなりにおつきあいとかしてみたら」

「わからないけど、会うだけ会ってみたらどうなの」

「しないってば。言っておきますけどね、あたしは外見や条件で人を好きになったりはしません。

わかった？」

そういう娘に育てたのはあなたたちですからね、とわたしは言った。それはそうかもしれないけど、と母がため息をついた。

どうしたものかね、というように父が首をひねった。時間だけが過ぎていった。

5

結局、わたしが小平の実家を出たのは、午後二時過ぎのことだった。

あれからも父は執拗に例の中村さんとかいう人と会うようにと盛んに攻撃をしかけてきたが、そんなわけにはいかない、というのがわたしの立場だった。

繰り返すようだが、わたしには今つきあっている人がいる。それなのに父の勧め通りその中村さんとかいう人と会えば、一種の裏切りだ。それに、中村さんに対しても失礼というものだろう。

とりあえず、わたしは道を歩きながら児島くんにメールを打った。今、小平の実家を出たところだから、新宿に着くのは三時頃になるというメールだ。わたしたちはまだどこで会うかを決めていなかったけれど、新宿ならどこからでもアクセスがいいだろうと思ったのだ。

メールを打ち終えてしばらく歩いていると、いきなり携帯電話が鳴り出した。児島くんからの電話だった。

「もしもし、晶子さん？」

「はい」

歩きながらわたしは電話に出た。ちょっと暗い声になっていたかもしれない。どうしたの、と児島くんが聞いてきた。

「どうもしないよ」

「どうもしてない人の声じゃないと思うけど」

その通りだった。ちょっと落ち込んでいた。わたしは児島くんに、今日実家で父に何を言われたのかを簡単に説明した。

「そうですか」児島くんが言った。「それで、最終的にはどうしたんすか」

「会えないって言ったわよ。児島くんに対しても、その中村さんって人に対しても失礼だって」

「おれについては、別に失礼だと思いませんよ」

「そんなことないわ。失礼よ。あたし、そんなつもりで児島くんとつきあってるわけじゃないから」

「そんなつもりってどういう意味？」

「年下の男の子を便利扱いしてるわけじゃないってこと」

「なるほど」

なるほどじゃないよ、とわたしは言った。

「児島くん、あたし悔《くや》しい」

「悔しいって、何が？」

「あなたより十四歳年上なことが」

「そんなこと言ったって、最初からわかってたことだし」

「だけど、やっぱり悔しい。年齢差があって、しかも女であるあたしの方が十四歳上で、それだけの理由で家族から反対されるなんて悔しい」

わたしは、思わず涙声になっていた。大丈夫？　と児島くんが聞いてきた。

「大丈夫じゃないかもしれない」

「ちょっと、止めてよそんなこと言うの。こっちまでドギマギしちゃいますよ」

児島くんが狼狽《ろうばい》気味に言った。だって、とわたしは携帯を強く握りしめた。

「父が反対してる根拠が、年齢のことだけだと思うと、悔しくて」

「まあね。それに、こっちはまだ契約社員の身ですから」

お父さんが心配するのも無理ありませんよ、と児島くんが言った。そんなの関係ない、とわたしは携帯を持ち替えた。

「児島くんはよく働いてると思うよ。すごいと思う、マジで」

「別にすごくはないですよ」

「どっちでもいいの。ちゃんと働いてるなら、正社員でも契約でも関係ない。やっぱり父が反対してるのは年齢差のことなのよ」

「……まあ、そりゃ常識的にはお父さんの言ってることも正しいですからね」

「そうね……そうかもしれない。でも、だからこそ悔しい。どうしてあたしたち、年齢が離れているの？」

もう自分でも何を言っているのかわからなかった。ただ悔しいという思いだけがあった。

「しょうがないじゃない、実際に年齢差があるのは事実なんだし」児島くんが小さく咳《せき》をした。

「そういうことも含めて、ゆっくりお父さんを説き伏せるようにしようよ。だいたい、そう言ってたのは晶子さんなんだよ。必ず反対されるけど、時間をかけて話せばお父さんもわかってくれるって」

「何か、今日、自信なくなった」わたしは答えた。「難しいかもしんない」

「諦めないでくださいよ。諦めたらそこで負けですよ」

だって、と言いながらわたしは大きくため息をついた。

「だってねえ、本当に嫌になっちゃうぐらい頑固なんだもの」

「諦めないこと。それしかこっちにできることはないですよ」

とにかく会いましょう、と児島くんが言った。

「そうね」

「三時に新宿駅の南口でどうですか？」

「たぶん間に合うと思う」

「じゃ、ぼくも支度しますんで、あとで会いましょう。とにかく相談しないと」

「うん」

「あんまり思い詰めないで。大丈夫です、何とかなりますから」

「だったらいいんだけどね」

最後にわたしはそう言ってから電話を切った。顔を上げると目の前に小平の駅があった。

今、二時二十分。新宿南口に三時につけるだろうか。そんなことを考えながら、わたしはバッグの中のスイカを出して改札へ向かった。

段取りについて

1

児島くんと新宿で会ったのはいいのだけれど、会話はあまり弾まなかった。これは珍しいことで、わたしと児島くんはちょっとうるさいのではないかと思う時があるくらい、おしゃべりなカップルだ。

にもかかわらず、会話が弾まないというのは、明らかに父から言われたことが原因だった。中村さんとかいう人との見合い話を父が持ち出さなければ、こんなことにはならなかっただろう。

「静かですね」

児島くんがコーヒーを飲みながら言った。わたしたちは新宿の駅からほど近い喫茶店にいた。

「静かかもしんない」

わたしはうなずいた。今日、実家で父に何を言われたのかを報告すると、他には何も話すことがなくなっていた。

「……どうするんですか、その見合いの件は」

「断るわよ、もちろん」

わたしは言った。いや、そうじゃなくて、と児島くんがコーヒーにミルクを入れた。

「断っても大丈夫なんですか？　お父さんにも面子ってものがあるでしょうし」

「父にもあるかもしれないけど、あたしにだってあるわよ」

まあまあ、抑えて、と児島くんが微笑んだ。わたしの声は相当高くなっていたようだ。自分ではそんなつもりはなかったのだけれど、児島くんのリアクションでそれがわかった。

「だって、あなたに悪いし」わたしは声のトーンを落とした。「その中村さんって人に対しても失礼だし」

「そりゃそうですけど」

児島くんの口調が〝ですます〟調になっていた。緊張している時の癖だった。

「だいたい、父が悪いのよ。そんなお見合いなんて話をわざわざ持ち出すから」

わたしはテーブルを叩いた。勢いがついていたのだろう。けっこう大きな音がした。

「晶子さん、落ち着いて」

ゴメン、とわたしは目で謝った。いいんですけど、と児島くんが言った。

「児島くんは怒らないわけ？」

「いやあ、怒るっていうか……ちょっと愉快じゃないなあって思いますけど」

でも、そんなこと言えた立場じゃないですから、と児島くんが両手を広げた。時々彼はそんなふうにアメリカ人みたいな仕草をすることがある。

「立場って何よ」

「いや、そのつまり、年齢差とか収入の格差といいますか……」

「そんなの関係ない」わたしは首を振った。「そんなことのために児島くんとつきあってるわけじゃないわ」

「それはそうでしょうけど」

「ああ、ホントに嫌になる」わたしはため息をついた。「児島くん、景気づけに映画でも見に行こうよ」

「映画？　いいですよ」

「アクション映画がいいわ」わたしはバッグをつかんだ。「こう、銃とかバンバン撃って、人とかどんどん死んでいくような映画」

「殺伐としてますね」

「そういう気分なのよ」

おっかねえ、と児島くんが手を顔に当てた。わたしたちはレジに向かって歩きだした。

2

翌日は月曜日だった。日曜の次は月曜で、それは当然だったのだけれど、会社に向かいながらテンションが落ちていくのをわたしは感じていた。

昨日のデートは盛り上がらなかった。もちろん、何だかんだありつつも、わたしたちはけっこう長い期間つきあっている。

だから、毎回のデートがそんなに盛り上がるはずもなかった。長くつきあっていれば、会ってお茶して映画を見てから食事をするというルーティンなデートになるのは、当然とも言えた。

（それにしても昨日は）

わたしは自分の席でパソコンを立ち上げながら思った。昨日のはデートと呼べなかった。何というか、義務感で会っていただけのようなものだ。

正直なところ、楽しめるデートではなかった。たぶん児島くんの方もそうだっただろう。

こんなことじゃいけない、とわたしはパソコンの画面に目をやった。画面がいつもの壁紙に変わり、そこでわたしはマウスをクリックした。まずはメールに目を通さなければならない。それはいつもの習慣だった。

最近は会社も、そしてわたしたち社員の方も、すっかりパソコンに慣れきってしまい、何でもかんでも一斉メールで連絡を取る。まずメールを入れてからでないと声もかけられない。そんな雰囲気だ。

個人的な意見を言えば、昔の方が良かったと思う。わたしが入社した頃は、まだパソコンが導入されたばかりだったから、誰もがパソコンに対してそれほど積極的ではなかった。

メールを送っても返事がないということもよくあり、メールよりも内線の方が早いと電話をかけてくる人の方が多数派だった。それが今では、用件があればメールで、という方が圧倒的に主流派となっている。

もちろん、今の方が便利なのはわかっている。でも、これでいいのだろうかと思うことも時々ある。

メールによって社内連絡はしやすくなった。それは確かだ。だけど、その分、人と人が顔を合わせて打ち合わせすることが少なくなったのも事実だ。

わたしとしては、なるべく社員同士が顔を合わせて打ち合わせをする、昔のような雰囲気を保っていきたいのだけど、それは中年女の繰り言《くりごと》のようなものなのだろう。

わたしがメールの処理などをしているところに、数人の社員が入ってきた。誰にとっても月曜の朝は面倒くさいようで、そんなことを話し合っているのが聞こえた。

「おはよう」

いきなり声がして、わたしは反射的に振り向いた。秋山部長が自分の席についたところだった。

「何だよ、そんなびっくりしたみたいな顔して」

「そういうわけじゃないんですけど……」

おはようございます、とわたしは頭を下げた。やだね、月曜の朝は、と部長が言った。

「また一週間が始まるかと思うと、嫌になるよ」

「部長でも、そんなこと考えるんですか？」

秋山部長というのは、ある意味で昔気質なところがある。常に何かをしていないと落ち着かないというエネルギッシュな人だ。

ワーカホリックであるのは間違いない。そんな部長が月曜日についてぼやくのは意外だった。

「おいおい。そんな目で見ないでくれよ」部長が自分のパソコンを立ち上げているのがわかった。

「ぼくだって人並みに月曜は憂鬱さ」

「働き過ぎなんじゃないですか？」

「さてね。自分でもよくわからんよ。実際のところが」秋山部長がマウスを何度かクリックさせた。「そっちこそどうなの、最近は」

「ボチボチです」

「ボチボチね。だったらいいけど」

何か鼻歌のようなものを歌いながら、部長がどんどんマウスを動かしていくのが見えた。メールには単なる連絡事項というのも少なくない。というか、むしろその方が多いだろう。秋山部長がばさばさとその種のメールを削除しているのがわかった。

「さてさて、ボチボチはいいんですがね」部長がマウスから手を離した。「例の件はどうなってる？　進んでるのか？」

「……例の件って、モナの件ですか」

「そうだよ。他に何がある？」

月曜日の朝から報告するにはヘビーな問題だった。わたしは立ち上がって、部長の席の前に出た。

「調整は進んでるの？」

部長が座ったまま言った。進んでません、とわたしは正直に言った。そりゃ困ったね、と秋山部長が眉をひそめた。

「販売の安西部長はまだ反対してるのか」

「そのようです」

「こっちの考え方はもう伝えてあるんだろ？」

「もちろんです」

「だったらさ、理解してもらわないと」秋山部長が肩の骨を鳴らした。「こっちだって遊びでやってるわけじゃないんだ。これからのモナのことを考えたら、増産するなんて無理だよ」

「それは宣伝部の強い意向として伝えています」

「それでも答えは変わらずか」

「はい」

安西さんの頑固も筋金入りだな、と部長が欠伸《あくび》をした。そうですね、とわたしはうなずいた。

「ですから、調整はひどく微妙です」

「微妙か」

部長が頭に手をやった。微妙です、とわたしは同じことを繰り返した。

「そりゃ困る」部長が言った。「何やかんやで、もう時間も残り少なくなってきた。どこかで折り合いをつけないと、えらいことになるぞ」

「あの……別に逃げてるわけじゃないんですけど、課長職のレベルでの議論はもう出尽くしたと思います。わたしたちよりもっと上の方に話し合ってもらったらどうでしょうか」

「上の方って」秋山部長が親指を立てた。「役員ってことか？　まあ、そんなこと言ってる自分も執行役員なんだけどさ」

「そういうことです。役員会にかけてもらった方がいいのでは、と最近思うんです」

「いや、そりゃ駄目だ」あっさりと秋山部長が首を振った。「こういう話になると、執行役員の出番はない。担当役員が出てこなきゃならないが、うちの役員はあっちの役員と比べて声が小さい。下についてる分には、余計なことを言われないから仕事はやりやすいが、交渉事は苦手なんだ。あっさり向こうの言い分が通っちまうだろう」

違うか、と問われて、わたしは苦笑まじりにそうですねと答えた。宣伝・販促の葛木役員は真面目すぎるぐらい真面目な人で、自分の都合を他人に押しつけたりすることがない。いい人なのだが押しが弱い、というのが下からの評価だった。

「ですが、今も言いましたように、現場の担当者レベルでの打ち合わせでは、全然前に進まないというのが実情です。時間がなくなってきてるのはよくわかっていますが、だからこそ上で判断してもらわないと」

「結局おれと安西さんとで話さなきゃならんのか」部長が文字通り頭を抱えた。「なるべくならそれは避けたいんだけどな。今後のこともいろいろあるだろう。お互い、やりにくくなる」

「それは……仕方がないことだと思います」

ちょっと考えさせてくれ、と部長が言った。はい、とわたしは大人しく引き下がり、自席に戻った。週のはじめから重たい話だと思った。

3

翌日、もう一度秋山部長に呼ばれた。今度は立ち話というレベルではなく、小会議室に呼ばれたのだ。

昨日の今日で何か事態が進むはずもない。それをわかっていながら、どうなんだ、と部長が聞いた。変わりありませんとわたしは答えた。しょうがないな、と部長が言った。

「販売部では誰と話してる？」

と」

「では、長田くんに伝えてほしい。販売と宣伝の間で、モナ問題について部課長会議をしよう

「長田課長です」

「部課長会議ですか」

「そうだ」秋山部長がうなずいた。「結論がどうなるにせよ、先延ばしはしない。その部課長会議ですべての決着をつける」

「賛成です」

わたしは言った。もう課長職同士の打ち合わせではどうにもならない。担当役員とは言わないが部長なり執行役員同士が出席する会議においてすべての片をつけるべきだったし、またそのタイミングでもあった。

今週なら金曜日、と部長が手帳を開いた。「来週なら月、水、木だったらスケジュールを合わせることができる。少なくとも社内にはいるはずだ。君の都合はどうか」

「わたしはいつでも合わせます」

そうしてくれるとありがたい、と言って、部長が手帳を閉じた。

「君の言う通りだ。現場の担当者レベルで済む話じゃないよ、これは」

「最初からそう言ってたつもりです」

「済まない。ぼくの判断ミスだ」

部長が軽く頭を下げた。そんなつもりじゃありません、とわたしは手を振った。

「現場同士で、話をつけられなかったわたしたちにも責任があります」

「まあいい。とりあえず責任問題は脇に置いておこう。それよりもっと重要なことがあるからな。繰り返しになるんだけど、安西さんはどこまで強硬なのかな」

「メチャメチャ強気です」

「だから、どのぐらい？」

「現状の倍まで増産するつもりだそうです」

「倍ってことは……四十万本ってことか？」

そうです、とわたしはうなずいた。そりゃ無茶だ、と秋山部長がつぶやいた。

「多過ぎる。君はそう思わないか」

「長田課長の話では、まだ需要はあるということです」

「だからって、無闇《むやみ》に数を増やせばいいというもんじゃない。安西さんだって、その辺はわかってるんだろう？」

「わかってはいると思います」

「わかってはいるが、増産したいということか？」

「はい。長田課長の話では、欠品こそそれほどないものの、売り損じが出ているということです。それを防ぐには増産するしかないと」

「そりゃ理屈じゃそうだ。だけど、それは販売の理屈だろう？」

そうですね、とわたしは答えた。だったら、と秋山部長が言った。

「だったら倍なんて無理だよ……安西さんは、どこまでだったら妥協してくれるかな」

わかりません、とわたしは首を振った。

「ただ、相当に強気なようです」

「あの人は昔からそうだった」部長が天井を見上げた。「大阪時代から有名だったよ」

「はい。噂は聞いています」

「いいところ五割アップの三十万本ぐらいだな。それ以上は無茶というか無謀だよ。先方だってそういう提案してきたこともあったわけだろう?」

「どうでしょう。今となっては安西部長を納得させるには、それでは数が少なすぎると思います」

わたしの返事に、部長が渋い顔をしてみせた。

「俺《おれ》はね、モナをロングセラー商品にしたいんだ。単なる一過性のブーム商品ではなく、長く売り続けられるものにしたい。現状では、スーパーやコンビニに並んでいる数は少ないかもしれない。ただ、これは戦略があるからそうしてるのであって、それ以外ではない。川村さんはわかってると思うけど、そういうことなんだ」

わかってます、とわたしはうなずいた。秋山部長の戦略論は耳にタコが出来そうなぐらい、何度も聞いていた。

「そんなに嫌そうな顔するなよ」部長が苦笑した。「間に挟まってつらいのはわかるけど、川村さんは宣伝の人間なんだから、こっちサイドの意見をちゃんと向こうに伝えてほしい。川村さんならそれができると思ってるよ」

「そんな……わたしには荷が重いです」

とにかく調整を頼む、と言って秋山部長が立ち上がった。

「安西さんの空いているところをもらえばいい。頼んだよ」

はい、とわたしは言った。やれやれ、と部長が首の骨を鳴らした。

4

どちらかといえば、わたしは気が短い方だ。特にトラブルを抱えているような案件については、なるべく早く片をつけないとイライラしてしまう。今回のような件ならなおさらだった。

わたしは小会議室を出てからすぐ自分の席に戻り、そこから販売の長田課長に連絡した。すると、長田さんは今外出中です、という答えが内線電話を通じて返ってきた。

(ついてない)

もちろん、わたしは長田課長の携帯電話番号も知っていた。だが、そこまで急を要することではないという判断があった。とりあえず、わたしはメールを送っておくことにした。

〈お疲れさまです。川村です。

モナの件、秋山執行役員が直接安西部長と話したいということです。

秋山執行役員は今週金曜、もしくは来週の月、水、木なら都合を合わせることができるそうです。安西部長と長田課長の方で、都合のいい日を選んでください。よろしくお願いします〉

なるほど、こういう時はメールも便利だ、と思った。メールと言えば、とわたしは新着メールの一覧を見た。一番新しく届いていたメールは、児島くんからのものだった。わたしはメールを開いた。

〈晶子さんへ
こないだはどうも消化不良でしたね。

まあ、いろいろありますよ。

というわけで、仕切り直ししませんか?

土日、どっちか空いていたらと思います。

今のところ、ぼくは両方とも空いています。

ではでは、よろしくどうぞ〉

消化不良というのは、日曜日のデートの件を指しているのだろう。確かにその通りで、わたしたちは冴《さ》えない週末を過ごしていた。

すべては父のせいだが、それを今さら言っても始まらないだろう。仕切り直しは二人にとって必要なことだった。

わたしは自席を離れ、フロアの外へ出た。目指しているのは非常階段口だった。そこからなら誰かが通りかからない限り、電話をしても大丈夫だからだ。

わたしは握っていた携帯電話のフリッパを開いた。ボタンを押すと、呼び出し音が鳴っているのがわかった。

「はい、児島です」

元気のいい返事が耳に響いた。

「川村です。今、大丈夫?」

「大丈夫です。今、御社へ向かってる途中なんですよ」

「電車に乗ってるってこと?」

「いや、違います。会社を出て、歩いているところです」

「そうなんだ」

「はい。どうしたんですか?」

たいした用があるわけじゃないの、とわたしは言った。

「ただメールを見たから、それを言おうと思って」

「ああ、なるほど」

そうなんだ、と児島くんが言った。そうなのよ、とわたしはうなずいた。

「それでね、あたしも両方とも空いてるのを伝えなきゃって思って」

「じゃ、土曜に会うってどうすか」

「そうね。ねえ、どこか行く?」

「晶子さんの都合に合わせますよ」

「まだ日がはっきりしてるわけじゃないんだけど、今週の金曜に嫌な感じのする会議があるかもしれない。それ次第だな」

「じゃあ、金曜日に決めましょう」

「わかった」

「まあ、どっちにしたってぼくは今週御社の方に行く用事が毎日あるんで、何かあったらどこかで声かけてください」

「会社でそんなことできないわ」

「大丈夫すよ、二人で話してても、打ち合わせだと思われるだけでしょうから」

「あら残念」わたしは言った。「少しは噂の種になるかと思ってたのに」

「なったらなったでいいじゃない」

「止めてよ。何か言われて困るのはあたしの方なんだから」

そりゃそうすね、と児島くんが笑った。

「では後ほど」

「はいはい」

わたしは電話を切った。自席に戻る足取りが軽くなっているのが、自分でもわかった。

5

結局、販売の長田課長と連絡が取れたのは、その日の夕方近い時間だった。内線電話がかかってきたのだ。

「メール、見たよ」

第一声がそれだった。どうでしょうか、とわたしは声を潜めてそう言った。安西部長にも伝えた、という答えが返ってきた。

「確かに、直接話した方がいいだろう、というのが安西部長の結論だった」

「よかった」

「まったく。それで、日なんだけど」

「はい」

「来週の月曜日でどうかとうちの親分が言ってる」

「時間は？」

「午前中は他の会議があるので、午後からでどうかと」

「では、午後二時からでどうでしょう」

「了解。もし何か突発的な事でもあったら、その時は連絡するから」

「よろしくお願いします」

わたしはそう言ってから電話を切り、秋山部長を目で捜した。部長は自分の席で何か書類を読んでいた。私は立ち上がり、すぐ部長席へと向かった。

「すいません。ちょっといいでしょうか」

「はい」部長が書類をデスクの上に置いた。「どうした？」

わたしは販売部の長田課長から連絡があった件について話した。

「なるほど、いいじゃない。それで？」

「ひとつ確認したいことがあります。時間を月曜の二時からと言ったのですが、それで良かったでしょうか？」

「月曜日ね、月曜日月曜日と」部長が手帳を開いた。「うん、午後なら大丈夫だ。問題ない」

「では、会議室を取っておきます」

「悪いね、頼むよ」

いいえ、とわたしは首を振った。

「それはわたしの仕事ですから」

「よろしく」

「部長の方こそ、大変でしょうけどよろしくお願いします」

「わかってますよ。安西さんを論破すればいいんでしょ?」

冗談めいた言い方だけど、目は真剣だった。はい、とわたしはうなずいた。

「すいません。何か嫌な仕事を押し付けたみたいになって」

「いや、そんなことはない。気にしなくてもいいよ。これもこっちの仕事のうちだから」

「そうおっしゃってもらえると助かるんですけど、何かこう……」

「引っかかる?」

部長の言葉にわたしは、はい、と返事をしていた。問題を課長レベルから部長もしくは執行役員レベルにまで上げてしまったのは、課長たちの責任だと思ったからだ。もちろん、その中には自分も含まれる。

「いいって。川村さん、そんなこと気にしちゃダメだよ。いや、気にさせてしまったこっちの責任かもしれないな」

部長が首をひねった。すいません、とわたしはもう一度頭を下げた。

「いいからいいから。じゃ、月曜日の二時ね。場所は取ったら教えてよ」

わかりました、とわたしは返事をした。部長が手帳を開き、ボールペンで何か書き込んでから丸く囲った。会議の日時を入れたのだとわかった。失礼します、と言ってわたしは席に戻った。

6

児島くんと会ったのは土曜日のことだった。

どこかへ行こうかという話もしていたのだけれど、今週は二人ともハードな毎日を送っていたので、家でまったりして過ごそうということになった。そうと決まれば話は早い。わたしが自分のマンションで児島くんを待つことにした。

夕方五時、オートロックのインターフォンが鳴った。見るまでもなく、それは児島くんだった。

「児島です」

「わかってる」

わたしはボタンを押して、ドアのロックをはずした。すぐに児島くんが入ってくるのがわかった。

ほとんど待つことはなく、すぐに今度は玄関のインターフォンが鳴った。開いてる、とわたしは言った。児島くんが入ってきた。

「不用心じゃない？」

入ってきた児島くんが言った。いつもは違う、とわたしは首を振った。

「いつもはロックしてるよ。今日は児島くんが来るってわかってたから」

「でも、何があるかわかんないじゃないの」

児島くんがジャケットを脱いだ。土曜日だというのに、彼はスーツ姿だった。どうしたのと聞くと、明日の日曜日、もしかしたら仕事になるかもしれなくて、と児島くんが言った。

「仕事？　マジで？」

「あるかもって話なんだけどね。うちが人数足りなくなってるのは知ってるでしょ」

「聞いた」

わたしは児島くんが脱いだジャケットをハンガーにかけた。どうもすいません、と彼が言った。

「それなのに、イベント引き受けちゃってさ、今日もやってるんだけど、やっぱり土日は誰も出たくないじゃない？」

「うん」

「それで、一番若手が選ばれそうな雰囲気なわけよ」

「いつわかるの？　明日仕事になるかどうか」

「夜八時ぐらい」児島くんがリビングの椅子《いす》に腰を下ろした。「どちらにしても電話が入ることになってるから」

「大変だねえ」

わたしは児島くんの頭をなでてあげた。まったく、と児島くんがうなずいた。

「でも、どっちにしても泊まってくんでしょ？」

「晶子さんさえよければ、そのつもりだけど」

児島くんがネクタイを外した。着替えるかどうか聞くと、今はこのままでいいという答えが返ってきた。

「あとでいいよ」

そう、とわたしは言った。児島くんの着替えの類《たぐい》は、何カ月も前からわたしのマンションの箪《たん》笥《す》の中に収められている。お泊りセット、とわたしたちは呼んでいた。

「まあ、着替えたくなったらいつでも言って」わたしはキッチンへ向かった。「何か飲む？」

「お茶かなんかいただけます？」

「ビールもあるよ」

「まだ早いでしょ」

「かもね、じゃあお茶」

わたしはポットのお湯でお茶をいれた。すみません、と言いながら児島くんが茶碗に口をつけた。

「ところで、夕飯どうしますか？」

「何、もう夜ご飯の話？」

わたしは児島くんと向かい合わせに座った。そりゃあそうです、と児島くんが言った。

「食事は人生のポイントだからね」

児島くんは食いしん坊だ。そしていつでもお腹《なか》を空《す》かせている。児島くんと一緒にいると、わたしの方が太ってしまうというのが、今のわたしの悩みだった。

「外に出る？」

わたしは聞いた。どうすかね、と不得要領な顔で児島くんが言った。

「あんまり出たくないでしょ？」

「まあね。ちょっと面倒ください」

「ぼくも、電話かかってくるはずなんで」児島くんが言った。「取り損ねるとヤバイっていうか」

「何か作る？」

わたしも独り身が長いから、料理を作るのはとりあえず慣れていた。得意とは言えないが、わたしの作る中華は早くておいしいと友人たちにも好評だ。

「いや、毎回作ってもらうのも気が引けるっていうか」児島くんが首を傾げた。「それより、何か取りません？」

「出前？」

「何でもいいんだ。ピザとか」

ピザね、と言いながらわたしは立ち上がった。昨日、取っている新聞に入っていた折り込みチラシの中に、ピザ屋のチラシが交ざっていたのを思い出したのだ。

「ピザ屋のメニューあるよ」

マガジンラックに折り畳んで入れていた新聞紙を取り出すと、その間にピザ屋のチラシが入っていた。新装オープン、と真赤な字で記されている。

「ああ、いいじゃないすか、ファッツ・ピザ。うちの近所にもありますよ」

児島くんがメニューを開いた。さまざまな種類のピザが、写真入りで載っていた。

「何かおいしそうなのある？」

わたしは児島くんの隣に座ってメニューをのぞき込んだ。そうっすねえ、と児島くんが言った。

「スタンダードなマルゲリータとかありますけど」

「なるほど。他には？」

「いろいろです。サラミとパンチェッタのピザとか、アンチョビソース味とか。期間限定のメニューもあるよ。ゴルゴンゾーラチーズと湯葉のピザかあ。どんな味なんだろうね」

「さあ。想像もつかないわ」

わたしはメニューを最初から最後までチェックした。三十種類以上あって、トッピングまで考えるとその数は無数といっていい。

「児島くん、決めてよ」

「マジすか。おれ、結構冒険する方ですよ」

「知ってる」

どうしようかなあ、とメニューを眺めていた児島くんが、じゃあこれにしますか、と指さした。それは季節限定のゴルゴンゾーラチーズと湯葉のピザだった。

「マジで冒険するわね。チャレンジャーだ」

アグレッシブな性格なんです、と児島くんがお茶を飲んだ。そうなのかもしれない。だいたい、児島くんは何においてもチャレンジスピリッツが旺盛《おうせい》な男の子だった。

「どうする？　もう頼む？」

「いいんじゃない。もう五時半だし、ピザが届く頃には六時ぐらいになってるでしょ」

「そうね」わたしは電話機の子機を取り上げた。「サイズはLでいいのね？」

もちろん、と児島くんがうなずいた。おいしくなかったらどうするのと聞くと、その時は自分が責任持って対処するという。

児島くんならそう答えるだろうと思っていたので、わたしはピザ屋に電話をかけた。はい、フアッツ・ピザですというはきはきした店員の声がした。

わたしは電話番号と住所を言い、ピザを頼んだ。三十分以内にお届けします、ということだった。お願いしますと言ってわたしは電話を切った。

「頼んだわよ」

「サンキュー。さて、そうと決まれば着替えようかな」

どうぞ、とわたしは言った。立ち上がった児島くんが箪笥の引き出しを開けた。

「ピザが来るまでどうしようか」

「ビールでも飲んでようよ」

「さっきはまだ早いって言ってたじゃん」

「さっきはさっき、今は今」素早く着替えた児島くんがリビングに戻ってきた。「いいじゃないすか、土曜日の夕方からビールを飲むなんて、最高の幸せっすよ。おまけにピザももうすぐやって来るし」

「そうねえ」

言われてみれば、その通りだった。休日の土曜日、夕方からビールとピザ、そしてわたしたちはうまくいっている。何の不満もなかった。

「ピザ届くまで、DVDでも見ない?」

何の?　と聞くと、ジャージ姿の児島くんが自分の持ってきたカバンを開いた。

「ほら、『プラダを着た悪魔』。この前、晶子さん見たいって言ってたでしょ?　だから借りてきたんです」

そう言いながら、ＤＶＤを取り出した。こういうところについて、本当に児島くんには感心してしまう。

自分でも忘れかけていたけれど、わたしは『プラダを着た悪魔』を見たいと言っていた。でも、それは絶対というほどでもない。

それなのに、そんなわたしの言葉を覚えていて、ＤＶＤまで借りてきてくれるような男性がどれだけいるだろう。幸せだなと思った。

晶子、あんたはラッキーなんだよ、とわたしは自分自身に言い聞かせた。児島くんがＤＶＤをセットした。すぐに映画が始まった。

部課長会議について

1

月曜日の午後一時、わたしは秋山部長と一緒にランチを食べていた。

今日の二時から始まる販売部との部課長会議における作戦を練っていた、というわけではない。ただ、何となくお互いに誘い合うような形でわたしたちはランチを取ることになった。部課長会議の先が見えないからだった。

「ここはよく来るの？」

会社から歩いて三分ほどのところにある中華のお店だった。部長はホイコーロー定食を、わたしはチャーハンセットを食べていた。

「よくってほどじゃないですけど、やっぱり近いですから」

わたしはうなずいた。

「まあね。確かに近いから、便利といえば便利だな」

「よく来られるんですか？」

「時々って感じだけど」

さてどうするかな、と言いながら部長が時計を見た。午後一時を五分ぐらい回ったところだった。

「午後二時からの会議について、何かお互いに話しておかなければならないことはあったかな」

「いえ、もう十分話し合いはしたと思っています。わたしも部長のおっしゃる通り、もっとモナについて長期的な展望を会社が持つべきだと思います」

「チームワークはバッチリだ、というわけか」部長が小さな声で笑った。「だが、それが通用するような相手かな」

「……難しいと思います」

「だよな」部長がキャベツを箸でつまんだ。「何というか、うまい打開策はないものかな」

「それがあれば苦労はしません」

「つんけんするなよ……難しいのはわかって言ってるんだからさ」

「つんけんなんてしていません」わたしは手を振った。「ただ、事態をうまくまとめる方法などないと言っているだけです」

現状の数のまま、モナの売行きを見守りたいという慎重派の宣伝部と、今の倍に生産数を増やし、売り損じを減らしたいという強気な販売部との間の溝《みぞ》は深かった。その溝を埋めることはほとんど不可能にさえ思えたが、それでもどこかに落とし所を見つけなければならないのが会社というものだ。

互いに譲歩するしかないのだろう。もっとも、販売部がどこまで譲ってくれるかは見当もつかなかった。

「なかなかうまくいきませんね」

「そうだな。しかも、お互いに理がないわけじゃない。それぞれの考え方はどちらも正しい。それだけに、妥協点を見つけるのが難しいとも言える」

まったくです、とわたしはうなずいた。わたしもぼんやりと手をこまねいていたわけではない。事態を収拾するためいろんな人に相談した。

自社だけではなく、友人など他の会社の人にも意見を聞いた。状況を詳しく話せば話すほど、問題の解決は難しいだろう、という答えが返ってくるばかりだった。

「まあ何とかなるだろう」

秋山部長がライスを頬《ほお》張りながら言った。

「……はい」

「それに、モナについては何と言っても宣伝部発の商品だ。縄張り争いをする気はないが、発言権を持っているのはうちの部署だ。そうだろう?」

「はい……ですが、安西部長にその論理が通用するかどうかはわかりません」

そうなんだよな、とつぶやいた部長が箸をテーブルに置いた。

「まったく、面倒なことばっかりだ」

「そうですね」

わたしたちは同時にため息をついた。会議が始まるまで、残り三十分を切っていた。

2

わたしと秋山部長が社に戻ったのは、二時二十分前のことだった。そして自分の席に着くと、それを見計らっていたかのように電話が鳴った。かけてきたのは販売部の長田課長だった。

「少し早いんですが、いいですかね」

それが長田課長の第一声だった。わたしは秋山部長の方を見た。何か急な用件が入ったとか、そういうことはなさそうだった。少しぐらい早くなっても構わないだろうと思った。

「結構です」

わたしはそう答えた。それじゃ、と長田課長が言った。

「そっちの会議室に今から安西部長と一緒にうかがいます」

「はい、わかりました。お待ちしています」

よろしく、とだけ言って長田課長が電話を切った。わたしはそのまま秋山部長のところへ行き、販売がこっちへ来ます、と報告した。

「早いね。焦ってんのかな」

スーツの上着を着ながら秋山部長が言った。どうでしょう、とわたしは首をひねった。

「単にせっかちなだけだと思いますけど」

「そうだね。そんなところだろう。会議室はうちのフロアでいいんだよな」

「はい」

「じゃあ待っていよう」

秋山部長が歩き出した。わたしはその後についていった。

宣伝部の会議室は、フロアの端にある。わたしは会議室の扉の横に貼られていた使用中という札をドアノブにかけた。こうしておくと、会議に関係のない社員が入ってくることがないので便利なのだ。

「お茶とか用意します?」

「同じ社員なんだ。そこまでする必要はないさ」

部長が会議室の奥の方にあった一人掛けのソファに座った。わたしは入り口近くの席に腰を降ろした。

「こっちに来いよ」秋山部長が言った。「バラバラだと、意見も統一されてないと思われるぞ」

「来られたら、そっちへ行きます」

どうぞご自由に、と秋山部長が肩をすくめた。わたしは準備しておいた資料を自分たちの分も含めて並べた。そうこうしているうちに、ドアがノックされた。

「はい」

「こちらでいいんですよね」長田課長がドアを大きく開けて入ってきた。「今、安西部長も来られます」

その言葉が終わるか終わらないかのうちに、安西部長が現れた。丁寧に作られた和風の人形のような顔だった。

他の課長は、とわたしは小声で尋ねた。全権委任、と長田課長がささやいた。そうですか、とわたしはうなずいた。

「どうも」

安西部長が片手を挙げた。どこに座ったらいいのかと目が探していた。奥へどうぞ、とわたしは言った。

「そうしますか。秋山さん、ちょっと失礼」

安西部長が秋山部長の前を通って、一番奥の席に腰を落ちつけた。わたしと長田課長は、それぞれ部長の下座に座った。

「すいませんね、忙しいところ」

秋山部長が口を開いた。いやいや、と安西部長が手を振った。

「そんなことないですわ。今の時期やったら、もう少し忙しくてもいいんですがね」

安西部長は東京生まれのはずだったが、銘和乳業に勤めるようになってからはむしろ大阪時代の方が長かった。そのためか、言葉のはしばしに関西弁のアクセントが交じっていた。

「どうですか、最近は」

秋山部長が聞いた。よくない、というように安西部長が顔をしかめた。

「あきませんな。どれがと言うんやなくて、全体的に停滞している。それが実際のところですわ」

「いずこも同じ、ですね」

そうですなあ、とうなずきながら安西部長が思い切り背を反らした。

「ああ、疲れた。疲れることばっかりやな」

な、長田くん、と安西部長が声をかけた。そうですね、と長田課長がうなずいた。

「せやけど、モナの件は別ですな。モナは調子がいい。絶好調と言ってもいいでしょう」

「そんなにですか」

「勢いが違う」安西部長が野球のピッチャーのように腕を振った。「他の商品とは比べものにならないぐらいや。現場見てたらすぐわかります。欠品が出ないように苦労してますわ。宣伝部様々といったところですな」

「いい話ですね」

「いい話です」

安西部長が重々しくうなずいた。その隣で長田課長もしきりに首を縦に振っていた。

「せやからね、勢いのあるところを広げていくっちゅうのは販売の王道ですわ。わかりますでしょ、こっちの考えは」

「わかりますよ。モナを増産したいわけでしょう?」

「そうそう。そうなんですわ。ええ話やと思いませんか?」

「いや、ちょっと待って下さい」秋山部長が手を前に出した。「モナに勢いがあるのはわかります。ですが、増産するという意見については、率直に言って難しいんじゃないかと思ってます」

「まあ、そっちの意向は」安西部長が長田課長を指さした。「彼からも聞いて、知っていますがね」

「そういうことなんですよ」

秋山部長が言った。いやいや、と安西部長が腕を組んだ。

「確かに、モナが宣伝部発の商品という、ちょっと特殊な性格を持っているのは理解してますよ。秋山執行役員が発案する形でモナが生まれたっていうのも聞いてます。せやけど、もうそんなこと言うてる場合やない。モナは商品として一人立ちしてます。それはわかってますよね」

わかってます、と秋山部長が答えた。せやったら、と安西部長が吠《ほ》えた。

「どういう形であれ、出てしまった商品の販売管理は販売部の管轄ですわ。そうでしょう？　別に特別視する理由なんて何もないですよ」

「特別扱いにすることはありません。ただ、モナに関して宣伝部は企画の立案、商品の準備、その他ありとあらゆることに手を尽くしました。従ってモナについては何らかの発言権があると考えています」

「まあええでしょう。それで？」

「モナは丹精こめて育てた商品です。今、売行きが好調だからと言って、いきなり増産するような、そんな冒険は好ましくないと思っています」

「それが宣伝部の公式見解ですか」

「そうです」

秋山部長がうなずいた。わたしも慌ててそれにならった。ちょっと気弱すぎるんじゃありませんか、と安西部長が言った。

「売れてへんのに無理やり増産する言うたら、それはあきませんな。ですが、モナは売れている。逆に言うたら、売れてる商品にはそれなりの対応をしないとアカン。現実を見てください。モナは実際に売れている。このまま手をこまねいて見てるわけにはいかんのですわ」

「確かにモナは売れているようです」秋山部長が資料に目をやった。「それはそちらの部署からの報告でもわかっていますし、こちらでやってるモニタリングの結果を見ても同じです。売れていることは確かです」

「せやったら」

「おっしゃりたいことはわかります。売れているというデータが集まっている。にもかかわらず、このまま放置しておいていいのかということですよね」

「当然ですな」安西部長が足を組んだ。「このままの数字でいったら、必ずどこかで欠品という事態が生じますよ。もう既にうちの調べでは明らかな売り損じが発生しております。このままにしてはおけません」

「……具体的な数値としては、どれくらいを考えてるんですか」

秋山部長が聞いた。

「現状の倍、つまり四十万本です」安西部長が胸を張った。「二十万本から四十万本にまで生産数をアップすることで、売り損じは避けられるでしょう」

「倍ですか」

思わずわたしは口走ってしまった。そうや、と安西部長がうなずいた。

「販売としては、これでも控え目の数字なんですよ。百万本でもいけるんじゃないかという声も上がってるほどです。それはさすがにストップかけましたけどね。しかし、それぐらい風はモナに吹いているということです。四十万本ぐらい、すぐに売れるでしょうな」

「もし売れなかったら?」

秋山部長が低い声で聞いた。こっちの責任でいいですよ、と安西部長が言った。

「しかし、そんなことにはならんでしょう。今のペースなら四十万本なんてあっという間です」

かもしれません、と秋山部長が言った。

「確かに、現状の勢いだけで言えば、四十万本も決して夢のような数とはいえないでしょう。ただ、それがどこまで続くのかを考えてみなければならないとも思っています」

「どこまで続くのか、ですか」

安西部長が首をかしげた。そうです、と秋山部長が言った。二人が黙ったままお互いの出方を見ている。わたしはその沈黙に耐え切れず立ち上がった。

「どうした」

秋山部長が顔を上げた。お茶を、とわたしは言った。

「お茶を持ってきます」

「ああ、そうしてもらえるかな」秋山部長が苦笑を浮かべた。「人数分、持ってきてくれ」

はい、と答えてわたしは会議室の外に出た。サラリーマンも大変だと思った。

3

お茶を入れた四つの紙コップをお盆に載せ、会議室に戻ってみると、まだ二人の部長はそれぞれに沈黙を守っていた。わたしは奥の席の安西部長から順番に紙コップを並べていった。

「すみませんな、川村さん」

安西部長が言った。とんでもありません、とわたしは言葉を返した。

「ティーブレイクっちゅうことですな」

「まあそうです。お茶でも飲みながら、のんびり話し合いましょう。焦ったところで何も得られるものはありません」

秋山部長が紙コップのお茶をひと口飲んだ。長田課長がしきりにうなずきながら紙コップに手をかけている。

どうぞ、とわたしは言った。どうもすみません、と目だけで言いながら長田課長がお茶を口にした。

「さて、と」安西部長が口を開いた。「どこまで話しましたっけ」

「生産本数についてです」

秋山部長が言った。そうでしたな、と安西部長がうなずいた。

「こちらは四十万本という具体的な数字を挙げた。今度は宣伝部の番です。どれぐらいの数字を妥当だと考えているのか、教えてもらいましょう」

「はっきり言って、現状維持がいいところだと思っています。ですが、販売部の意向を受けて、十万本プラスということでどうでしょうか」

「十万本？　つまり三十万本ということですか？」

「そうです」

秋山部長がお茶をひと口すすった。三十万本、と言いながら安西部長が腕を組んだ。

「それではあまりにこちらの要求と差がありすぎますな」

ですが、と言いかけた秋山部長を安西部長が目で制した。何かしきりに考えているようだったが、最終的に小さく首を振った。

「わかっています」

「秋山執行役員、それは少なすぎます」

安西部長が腕をほどいた。秋山部長が頭を振った。

「いえ、正直なところ三十万本でも多いと思っていますが、この数でどうでしょうか」

「なぜです？　なんで勢いに乗ろうとせんのですか？」

「いや、それはむしろこっちから聞きたいぐらいです。そんなに勢いというのが大事ですか？」

「秋山執行役員、物を売るのがこっちの仕事です。数字を決めるのもこっちの管轄です。こんなことは言いたくないですが、秋山執行役員は自分の管轄外のところに口を挟《はさ》もうとしている。そういうことなんですよ」

「質問に答えて下さい」秋山部長がまっすぐに安西部長を見つめた。「そんなに勢いというのが大事ですか？」

「商機という言葉があります。要するにタイミングですな。このタイミングという奴を捕らえるのが実に難しい。ですが、モナに関して言えば、そのタイミングが今だということは考える必要もないでしょう。私が言ってる勢いというのはそういうことです。今の勢いで言えば、我々が掲げた四十万本という数字も、決して無謀なことではありません。むしろたやすく達成できるでしょう」

「安西部長、おっしゃりたいことはよくわかります。ですが、いくら勢いに乗ってるからと言って、いきなり倍の数字で行くというのはちょっと抵抗があります。考えられません」

「数を読むのはこっちが専門です。他部署からいろいろ言われたくはないですな」

「他の商品とは別です。モナは宣伝部の発案から誕生した商品なんですよ。生みの親ならその成長に関して言っておきたいこともあります」

「せやから、話を聞いてるやないですか」

「いや、そうじゃありません。いくら話し合ったところであなたは自説を曲げないでしょう。今の倍である四十万本説を押し通すつもりだ。違いますか？」

「そんなことはない」安西部長が手を大きく振った。「納得のいく根拠があればいつでもそれに従いますよ。せやけど、そっちは単に臆病《おくびょう》になってるだけや。もし売れなかったらどないしよう、そう思ってるだけなんと違いますか？」

「慎重になっているのは事実です」秋山部長がうなずいた。「臆病と言われるのは心外ですが、確かに慎重な見方をしているのはその通りです」

「だったら」

待ってください、と秋山部長が片手を挙げた。

「ですが、考えてみて下さい。今、生産本数を一気に倍にしたら、モナはベストセラー商品になるかもしれません」

「ええことじゃないですか」

「いや、もともとのコンセプトは違いました。ベストセラーではない、ロングセラーを目指した商品、それがモナです」

「わかってますって」

安西部長がうなずいた。いや、と秋山部長が首を振った。

「わかっていただけてるとは思えません。自分たちはモナが一過性のベストセラー商品になることを望んではいません。そんなブームはいずれ飽きられます。ワンシーズン、ツーシーズンではなく、ユーザーから常に愛され続ける商品、それがモナです。おわかりですか？　はっきり言えばですね、欠品になるぐらいでちょうどいいんです。これは極論ですけどね。つまり、市場に常に飢餓感を与えるような商品を目指しているんです」

「欠品が出るぐらいでいい、というのはちょっと」安西部長が口を開いた。「そんなことになるのは困ります。小売店に何といえばいいのかわかりません」

「ですから、極論だと言いました」秋山部長が言った。「確かに、欠品騒ぎになるのはまずいでしょう。調べていただいた販売部の資料を見る限り、今の二十万本態勢が続けば、いずれ欠品ということになります。それは避けたいでしょうから、ある程度の増産は構わないと考えます。ですが、あくまでもある程度の増産です。いきなり倍にするような乱暴なことは考えられません」

「そない言うても」安西部長が重い声で言った。「もう既に市場は飢餓感でいっぱいなんですよ。これ以上こんな状態が続いたら」

「どうなります？」

「さあ、それはわかりませんな」安西部長が肩をすくめた。「ただ、これだけは言えます。先日、ある大手コンビニチェーン店のバイヤーと話したのですが、その際にモナについてこんなことを言われました。これ以上モナの商品供給について不安定な状況が続くのであれば、モナの扱いに関してやや消極的にならざるを得ないと」

「どういう意味ですか?」

「簡単に言えば、モナを陳列棚から下げるということです。今は、どこのコンビニでもモナを前面に置いてくれていますが、それを止めるということですな。確かにモナは売れている。せやけど、商品がなかったらそのスペースが無駄になりますわな。その意味で、コンビニチェーンのバイヤーの考えは間違っておりません。追加オーダーを出してもすぐに入ってこない商品など、扱っている余裕はないのです」

「だから、先ほども言いました」秋山部長が指を三本立てた。「三十万本までだったら増産も構わないと。新たに作る十万本を全部コンビニ用商品にすればいいじゃないですか」

「コンビニだけやないんですよ」安西部長が言った。「スーパーでも同じことが起きるでしょう。その他あらゆる販売ルートにおいてもそうです。どこもモナが欲しくて悲鳴を上げてるんですよ。嬉しい悲鳴といえばそうなんですが、もうそんなことを言って許される事態ではないんです」

しかし、と言ったきり秋山部長が黙った。販売の現場から上がってくる声に圧倒されたといったところだろうか。何と言っていいのかわからないようだった。

「どうでしょう、秋山執行役員」安西部長が粘っこい声で言った。「今ここで秋山執行役員さえ、うんとうなずいてくれたら、増産が可能になります。四十万本までの生産ラインは既に準備済みなんです。どないでしょう。それでも最初のコンセプトにこだわりますか? 予想を超える売れ行きとなった今、現実に即した判断をするべきやと思いませんか?」

「……そちらの役員はどう言ってるんですか?」

「はっきり言って、四十万本説に大賛成ですわ。というか、四十万本に倍増したらどないやと言いだしたのは役員です。すべて現場に任せると言うてますわ。そちらの担当役員は？」

「この件に関してはすべて任せると言われています。販売部とよく話し合うようにと」

「数については？」

「指示がありません」

ふう、と息を吐いた安西部長が紙コップのお茶をひと口飲んだ。

「どないしましょ」

「どうしましょうかね」

二人が互いに見つめあったまま、黙り込んだ。部長たちが苦慮しているのがわかった。

彼らはすべてを上司から託されてこの会議に出席している。つまり、それぞれの部署のメンツをかけてここにいるということだ。安易な妥協はできない、とそれぞれの表情が物語っていた。

「うちの下の連中なんかはもっと強硬でしてね」安西部長が苦笑を浮かべた。「すぐにでも増産を決めてしまえばいい、というようなことを言う者もいます。数について、それを決める権限は販売部にあるというのがその根拠です。あながち、間違ってはおりません。ですが、わたしとしてはモナという商品の性格上、やはり宣伝部さんの同意を取りつけてから数を増やしたいと思ってます。配慮はしてるんですよ、これでも」

返事の代わりに秋山部長がお茶をすすった。安西部長が資料を指で弾《はじ》いた。

「ねえ、この数字を見ても、今のままやったら足りなくなるのは目に見えてるやないですか。このまま手をこまねいて見てろと言うんですか？」

そうは言っていません、と秋山部長が手を振った。

「……川村さん、もう一度お茶を持ってきてくれないか」

はい、とわたしはうなずいて立ち上がった。とりあえず仕切り直しということなのだろう。少なくとも秋山部長の目はそう物語っていた。

わたしはお盆を持って、会議室の外に出た。出たとたん、ため息が漏れた。

4

会議室に戻ると、二人の部長と執行役員は黙ったままお互いを見ているだけだった。わたしはお茶をそれぞれの前に置いた。

秋山部長がありがとうと目だけで言った。いいえ、と答えながらわたしは自分の席に腰を落ちつけた。

「どないしましょうかねえ」

安西部長がつぶやいた。お互いに納得するところまで、話を詰めましょう、と秋山部長が言った。

「妥協するのはやめましょう。いや、もちろん自説を主張しろということじゃありません。そうじゃなくて、安易な妥協はやめましょうと言ってるんです」

「とことんまで話し合おうっていうことですな」

「そうです」

「望むところですわ」安西部長が指の関節を鳴らした。「結構です。話し合いましょう」

「それでは、まず四十万本の根拠を教えて下さい」

「根拠はさっきお話しした通りです。各小売店の注文をそのまま合計すると、四十万本ぐらいはいくだろうと」

「しかし、それは今だけでしょう？　先のことを考えたら、あまり大風呂敷は広げないほうがいいんじゃないですか？」

「いや、秋山執行役員、それは違います。むしろ控え目に言ってるぐらいなんですよ。何でそれがわからんかなあ」

君も何か言えや、と安西部長が長田課長の肩をつついた。ええとですね、と長田課長が口を開いた。

「データによれば、テレビコマーシャルを打つなど宣伝を強化している関東地方、当然東京も含まれますが、明らかに売り損じが出ています」

「他地区ではどうなんですか」

秋山部長が聞いた。他県はまだそこまでの事態にはなっていません、と長田課長が答えた。

「しかし、今後コマーシャルは順次各県でも流す予定なんでしょう？」

安西部長が言った。その予定です、と秋山部長がうなずいた。コマーシャルなどは宣伝部の管轄だから、秋山部長がそれを知っているのは当然のことだった。

「それやったら、他の地域でも東京と同じことが起きますよ」

「そのつもりでコマーシャルを作ってます」

「今は他地域に流す商品をストップして、東京その他の業者に流しているから何とかなってるものの、全国的にということになればどうしようもない。全面的に流通を見直さなアカンようになります」

なるほど、と言って秋山部長が腕を組んだ。ちょっとよろしいでしょうか、と言ってわたしは手を挙げた。何か、と安西部長が言った。

「あの、他社ではこのような場合どんな措置をとるんでしょうか」

わたしが質問したのは、秋山部長が押されているように感じたからだ。少しは考える時間をもらわなければと思った。だから、その質問が大きな動きになるとは考えてもいなかった。

「そうですね」長田課長が持ってきていた資料をぱらぱらとめくった。「他社でなかなかこんな事例はないんですが……同じレーベルで新商品の展開をすることもあるようです」

「同じレーベルで新商品の展開って……どういう意味ですか」

「つまり、モナで言えば、モナ・レーベルに新商品を投入して、顧客に飽きられないようにするということです」長田課長が丁寧に説明してくれた。「今回のうちの場合ですと、例えばですが今までのフレーバーにない味、パパイアとかライチとか、そんな商品を開発して、発売するような場合もあるようです」

「そういえば」わたしは思い出していた。「ファッツ・ピザというピザのチェーン店があるんですけど、この前、そこで新商品を売ってました。ゴルゴンゾーラと湯葉のピザっていうんです。ちょっと信じられないようなマッチングだったんですけど、食べてみたら案外おいしかったなって」

土曜日、わたしは児島くんと二人でそのピザを食べていた。イタリアンのピザで湯葉ってどうなのだろうと思ったのだけれど、試してみたいという欲望にかられて、わたしたちはそのピザをオーダーしたのだ。

「ゴルゴンゾーラと湯葉？」秋山部長が眉をひそめた。「そんなの、本当にあるのかい？」

「あったんです」

「誰が食べんねん、そんなの」

安西部長が笑った。でも、とわたしは言った。

「そういう商品が販売されてるのは事実です。実際にわたしは食べました。間違いありません」

「考えられへんな」

「季節限定ってありましたけど」

「しかし、それは面白いヒントかもしれない」秋山部長が指を鳴らした。「どうなんだろう。そのゴルゴンゾーラと湯葉のピザは売れてるのかい？」

「調べてみないとわかりませんが、ファッツ・ピザが力を入れてることは確かです。チラシの中でも別格に扱われてましたから」

「秋山部長、どないな意味です？」

「つまりですね、期間限定であれば、私も四十万本の増産に賛成するということです」

「期間限定商品を作るということですか」

長田課長が顔を上げた。そうだ、と秋山部長がうなずいた。

「期間限定で、しかも別種のフレーバーのモナを出すということならば、本来のモナの顧客が逃げていくこともない」

「そうですね」

長田課長が言った。これならどうでしょう、と秋山部長が安西部長の方に向き直った。

「研究開発室では新種のフレーバーについて、再検討を始めてましたよね」

「ゴルゴンゾーラチーズや湯葉の検討はしてないと思いますがね」

「それはそうでしょう。ですが、他のフレーバーについては？」

「確かに、検討会議にはこちらからも人を出しましたな」

「それらの新商品を、前倒しにする形で発表することはできませんか？　もしそれができれば、四十万本態勢も可能だと思います」

「その条件なら宣伝部は四十万本でも構わないと？」

「そうです」

なるほど、と安西部長が言いながらデスクの上の電話に手を伸ばした。押したのは内線番号だった。

「安西やけど。君は誰？　ああ、大島さん？　ちょうどよかった。申し訳ないけど、ちょっと宣伝部に来てくれんか。奥の会議室にいるから。うん、そうや。頼んだで」

安西部長が受話器を置いた。鉄は熱いうちに打てといいますからな、と頭を掻いた。

「今、うちの者が来ます。さっき言うた検討会議に出席していた大島です。あいつに聞いたら、もっと細かいこともわかりますやろ」

「川村さん、確認してきてくれ」秋山部長がわたしに言った。「モナの新バージョンコマーシャル、どこまで進んでいるのか、現状はどうなのか、新しく作り直すことは可能なのか」
「わかりました」わたしは立ち上がった。「すぐ確認します」

「いよいよ、四十万本の線でいけそうですな」

安西部長が言った。詳しく詰めないとわかりませんが、と秋山部長が答えた。

「その線もありそうですね」

わたしは会議室を出た。ちょうど販売部の大島という社員がこちらへ向かってくるところだった。わたしはそれを確認してから自分の席を目指して歩き出した。

両家について

1

ドタバタではあったけれど、一応モナについて宣伝部と販売部の合意は取れた。

期間限定ということで別種のフレーバーモナを発表することによって、宣伝部はモナに関するコンセプトを守りぬくことができたし、販売部も目標であった四十万本という数値に販売数を届かせることができたのだ。

もちろんこれからの問題は数多く残っているわけだが、とにかく事態はそういう形で落ち着いていた。無事いろいろなことが終わってよかった、とわたしは思っていた。

「川村さん」会議室を出たところで秋山部長が言った。「これから忙しくなるけど、大丈夫かな」

「もちろんです」

わたしは答えた。それならいいんだけど、と秋山部長がうなずいた。

「どうしてそんなこと聞くんですか?」

「いや、単純に体とか大丈夫なのかなって思って」

「お気遣いありがとうございます。でも、全然平気ですよ」

「ぼくとしてはさ、これからもモナの件は川村さんに面倒見てもらおうと思ってる。それが一番いいと思ってるんだ」

「わたしなんかでいいんですか?」

「川村さん、自分を過小評価しすぎ。むしろ、川村さん以外じゃつとまらないと思ってるよ」

秋山部長の発言はわたしにとっておそれおおいものだった。今、銘和の中で一番盛り上がっている商品は明らかにモナだ。

そのモナに関して、わたしにすべてを任せたいというのだから、これは光栄なことだろう。ありがとうございます、とわたしは頭を下げた。

責任の重い仕事を任されるというのは、サラリーマンであるわたしにとっても嬉しいことだった。

「さっそくなんだけど、モナの新商品発表について、宣伝費がどれぐらいかかるのか、大枠でいいから試算してほしい」

「代理店と連絡を取ってみます」

「そうだね。その方がいいだろう」

「まだ新商品発売の件について、役員とかの了承は取れてませんけど、勝手に動いていいんですか」

「それはこっちの仕事だ」秋山部長がワイシャツの袖《そで》をまくった。「基本、すべて現場に任せると言われてるから、問題はないと思う」

「話がまとまったところで、偉い人の鶴《つる》のひと声ですべてがひっくり返されたんじゃ困ります」

「わかってるよ。そんなことにはさせない」

秋山部長がVサインを作った。わたしはその動きにつられて、思わず笑ってしまった。

「笑い事じゃないだろ」

「だって、Vサインなんて……力が入り過ぎてます」

「悪かったね、力が入ってて」秋山部長が腕を組んだ。「とにかく、これからも販売との連絡は密にとってくれ。何かあったらすぐに報告を」

わかりました、とわたしはうなずいた。新商品の販売に当って、研究開発室との協議は販売部が担当することになっていたので、部長の注意は当然のことだった。

「じゃ、もろもろよろしく頼んだよ」

そう言って部長が自分の席へと戻っていった。わたしも自分の席に戻った。時計を見ると、午後五時を回ったところだった。

2

仕事はいくらやっても終わらなかった。わたしが担当しているのはモナだけではない。他にもいくつもの担当案件があった。

課長というのは現場の最前線にいるようなものだ。すべてを把握していなければならない。

だが、すべてというには時間がなさすぎた。時間の経過と共に、わたしの下にいた社員たちが席を立っていった。

わたしだけが残って働いていた。必要と思われることについてすべて目を通し終わった時には、夜十時を過ぎていた。

（月曜からこれじゃ）

先が思いやられるというものだ。ちょっとオーバーワーク気味だろう。

だが、それでもまだやらなければならないことはいくらもあった。週の始めからこれではいったい今週はどうなってしまうのだろう、と思った。

そこでわたしはちょっと気分転換を図ることにした。要するに、児島くんにメールを打つことにしたのだ。

〈何してるの？〉

たったそれだけのメールだったけど、すぐに返事があった。今、家に帰ったところだという。

さっそくわたしは電話を入れてみた。すぐに児島くんが電話に出た。

「もしもし、児島です」

「お疲れさま」

「お疲れさまです。まだ会社ですか？」

「会社ですよ」

それはそれは、と児島くんが言った。

「大変ですね」

「大変よ。マジで」

「何でこんなに遅いんすか？」

そこでわたしは児島くんに今日あったことを話した。宣伝部と販売部の間で部課長会議があったこと、そこでわたしが何の気もなしに話したことがみんなの賛同を受けて、モナの新商品開発になってしまった、というようなことだ。

児島くんのいいところは、人の話をよく聞くことだ。今回もわたしの話に、はあ、はあ、とうなずいてくれている。若いのにたいしたものだ、と思った。

「ということは、土曜日に二人で食べたゴルゴンゾーラと湯葉のピザが、今回の新商品開発につながったというわけですか」

そして、わかりが早いのも児島くんのいいところだった。わたしのだらだらした話の要点をピックアップしてくれて、ポイントだけをついてくる。こんな男の人、めったにいないだろう。

「そうなのよ」

「わけがわからんものでも、食べてみるもんだなあ」児島くんがため息をついた。「とにかくチャレンジしてみろってことですか」

「そうみたい。何の気もなしに話してみたんだけど、それが通っちゃうんだから、やっぱり何でも言ってみるもんだなって」

「そんな会議も含めて、こんなに遅くなっちゃったんですか」

「そういうこと」

「大変ですねえ」

「大変なのよ」

「あと、どれぐらいかかるんすか?」

「終電までには帰るつもりだけど」

うへっと児島くんが叫んだ。叫びたいのはこっちよ、とわたしは言った。

「カンベンしてほしいわ。月曜からこんなに働かされるなんて」

「いやいや、お疲れ様です」

「本当に、疲れる話よ」

わたしは大きく右腕を上げて伸びをした。週末は、と児島くんの声が聞こえた。

「何？」

「いや、週末も忙しいのかなって思って」

「週末ねえ。そんな先のこと、わかんないわ」

わたしはそう答えた。自分でもわからなかったのだ。

「息抜きも必要ですよ」

「うん。あたしもそう思う」

「映画でも見に行きませんか」

「いいわねえ。映画。行きたい」

「そんなにぶつ切りに答えなくても」児島くんの苦笑する声がした。「いいんですよ、行きたくなかったらそれでも」

「そんなことないわ。本当に行きたいのよ」

わたしは慌てて言った。だったらいいんだけど、と児島くんが言った。

「まあ、無理しないで。月曜からこんなに大変だったら、週末ぐらい休みたいっていう気持ちもよくわかるから」

「うん……ありがと。児島くんは優しいね」

「そんなことないけど」

普通ですよ、と児島くんが二度繰り返した。その普通がありがたいのよ、とわたしは言った。

「今さあ、心が疲れてるでしょ。だから、余計に児島くんの優しさが胸にしみるのよ」

「それっていいことなんですか？」

「もちろん」

だったらよかった、と児島くんが言った。じゃ、そろそろ切るね、とわたしも言った。

「ごめんね、こんな遅い時間に電話して」

「いえいえ。いつでもどうぞ」

「家に帰ったらメールするから」

「そうしてください。心配してますから」

わかった、と言ってわたしは電話を切った。机の上を見ると、まだ終わっていない仕事がいくつもあった。

わたしは大きく息を吐いてから、その中のひとつを取り上げた。まだまだ夜は続きそうだった。

3

その一週間、わたしは本当に忙しかった。この不況のご時世に、忙しいというのはありがたいことだとわかっていたけれど、それでもやっぱり文句を言いたくなるほど忙しかった。

だから、会社で実家の母から電話がかかってきた時も、不機嫌になってしまった。

「どうなの、晶子」母が電話をかけてきたのは金曜日の夕方ごろだった。「あなた、ちゃんと働いてるの？」

「ちゃんととは何よ、ちゃんととは」働いてるわよ、とわたしは言った。「こんなに必死になって働いたことないぐらいに働いてるわ」

「そんなに忙しいの？」

「忙しいわよ」

「また、偉《えら》そうに……そんなに大変なの？」

「だから忙しいって言ってるじゃないの」

だったらまた別の時に電話した方がいいかしら、と母が言った。母は変なところで遠慮する癖があることをわたしは経験上よく知っていた。

何の話かは知らないが、どうせ電話に出てしまったのだから、言いたいことを言ってほしい、とわたしは伝えた。母がため息をひとつついてから話し始めた。

「あのね、こんなこと言うとあれなんだけど……あなた、児島さんだっけ、あの人とまだおつきあいしてるの？」

「児島くん？　そうね、そういうことになるわね」

「そうなの」

また母がため息をついた。だったらどうなのよ、とわたしは言った。

「ううん、それはいいんだけど……お母さんとしてはいいと思ってるんだけど」

「何が言いたいのよ。はっきりしてよ」

「うん……あのね、やっぱりね……難しいと思うのよ」

「何が？」

「その……児島さん？　その人とのおつきあいって……」

「難しくないわ。普通にやってるわよ」

「……あなたはそれでいいかもしれないけど、やっぱり、ねえ」

「何がやっぱりなのよ」

「つまり、そうね、年齢差とか、そういうこと」

「言われなくても自覚してるわ、年齢のことぐらい。それでもお互いがいいって言ってるんだから、それでいいでしょう」

「あなたたちはそれでいいかもしれないけど……それじゃ通らないことだってあるのよ」

「ねえお母さん、何が言いたいわけ？　はっきり言って、今、あたし忙しいのよ。つまらないお説教とかだったら、別の時にしてくれる？」

「お説教なんかじゃないわ。心配して言ってるのよ」

「余計なお世話です」

「またそんなこと言って」母の声が低くなった。「もうちょっと周りのことも考えてちょうだい」

「周りのこと？」

「つまり……あたしとかお父さんのことよ」

「どうしろって言うの？」

「あたしはいいのよ。お母さんはあなたが何をしてもいいと思ってる。もう晶子は立派な大人なんだってわかってる。でもね、お父さんがね……」

「お父さんがどうしたのよ」

「……正直言って、賛成できないって。いくら考えても結論は同じだって」

「だからどうしろって？」

わたしは自分自身の声がいらついていることに気付いていたのだけれど、それをどうすることもできなかった。もちろん、そのいらついた気分は母にも伝わっていたはずだ。母の声がまた低くなった。

「どうしろって言われても困るんだけど……要するにお父さんはあなたたちのおつきあいに反対なの」

「そんなのわかってるわ」

「むきにならないで。あたしだって言いたくて言ってるんじゃないんだから」

「むきになんかなってないわ。だからどうしろって言うのよ」

「どうって言われても……あたしにはわからないわ。直接お父さんと話してもらわないと」

そうか、とわたしは思った。母には別に意見があるわけではないのだ。父の意向によって、母は電話をかけてきている。そういうことなのだ。

母には少し考え方が古いところがあり、何事も父を立てるのを忘れたことはなかった。母にはそういう昭和っぽさが残っているのをわたしは知っていた。

「わかった。父さんと話すわ」

「そうしてくれる？」

「かわってよ、電話。あたしが直接話すから」

「今、いないのよ。それに、電話でする話じゃないでしょう」

「電話で済む話だと思うけど」

「そんなこと言わないの。あなた、土日も忙しいの？」

「そんなことないけど……」

「だったら、明日こっちに来てちょうだい。お父さん、明日は家にいるから」

「いきなりそんなこと言われても」

「いいでしょう？　小平なんてあなたの住んでるところからすぐなんだし」

「そうでもないけど」

「一時間もかかんないんだから。ね。お願い。来てちょうだい」

「ねえお母さん、さっきも言ったけど、あたし、今すごく忙しいの」

「でも土日に仕事はないと言ったわ」

「そりゃそうだけど、あたしだって休みの日ぐらい休みたいのよ」

「明日の午後、来てちょうだい。一時ぐらいとか」母がそこだけてきぱきと言った。「いいでしょ？」

「……わかった」

わたしはそう返事した。母は、そして父もそうなのかもしれないが、わたしが言われた通りにするだろうと考えている。

それに乗っかるのもどうかと思われたが、逆らえば余計に面倒なことになるとわかっていたから、わたしは母の言う通りにするとうなずいた。

「明日、行けばいいのね？」

「うん」

「だったら行くわ、それでいい？」

いいわよ、と母が言った。じゃあ、明日行くから、とわたしは電話を切った。

せっかく明日は休みが取れると思っていたのに、予定が埋まってしまった。でも仕方ない。これは一種の義務なんだから、とわたしはつぶやいた。そういうことだった。

4

翌日の土曜日は天気のいい日だった。

よく晴れていて、湿気も少なかった。何でこんな晴れた日に実家に帰らなくてはならないのだろう。

そんなことを考えながら、わたしは電車に乗っていた。実家のある小平はすぐだった。わたしは実家までの道を歩いた。

家に着き、チャイムを鳴らすと、開いてるわよ、という母の声がインターホン越しに聞こえた。わたしは玄関のドアを開いて、家の中に入った。

「お帰り」

母が出てきた。わたしはパンプスを脱いで玄関先に置いてあったスリッパに足を突っ込んだ。

「お帰りも何もないわ。話をしに来たのよ。お父さんはどこ?」

「そんな大きな声出さないで。お父さん、リビングにいるから」

母が言った。わたしはそのままリビングへと向かった。父がぼんやりした顔で座っているのが見えた。

「何だ、晶子か」

父が言った。何だじゃないでしょう、とわたしは父の反対側の席に座った。

「人が休みのところを呼び出しておいて、何だ晶子かってどういうことよ」

「別に呼び出したつもりはない」

父が煙草に手を伸ばした。ひとつひとつの動作がじれったくなるほどのろかった。

「じゃあどういうつもりなわけ?」

わたしは母に、お茶を、と言った。母がキッチンに向かった。

「どうなんだ、最近は。忙しくしてるのか?」

父が煙草に火をつけた。話をごまかさないで、とわたしは言った。

「そんなことを話しに来たわけじゃないわ。そうでしょ?」

「そんなにギャンギャンかみつくな」

「かみつきたくなるわよ」

「何をそんなにいらついてる」

父が煙を吐いた。あのねえ、とわたしはその煙を手で払った。

「あたしも忙しいのよ。休日ぐらいは休みたいわけ。わかるでしょ、父さんだって仕事してたんだから」

「わかるよ」

「だから、さっさと話を済ませたいのよ」

なるほど、と父がうなずいた。なるほど、じゃないでしょうに。

「さっさと本題に入ってちょうだい。児島くんのことなんでしょ？」

名前は忘れたが、と父が口を開いた。

「お前のつきあってる相手のことだ」

「それが児島くんっていうの。一度会ったでしょ？　覚えておいて」

「その児島くんと、お前はどういうつもりでつきあってるんだ？」

「どういうつもりも何もないわ。真面目につきあってるわよ」

ふむ、と言いながら父が煙草を灰皿に押し付けた。

「真面目に、というのは、例えばだが、将来についても考えてるということか」

「……まあね」

「いくつ年下なんだったかな」

「十四よ」

父が二本目の煙草に火をつけた。もう何度この不毛な受け答えをしただろう。しばらくわたしたちは黙ったまま、お互いの出方を見ていた。

「十四も下か」父が沈黙を破った。「うまくいくと思ってるのか」

「努力次第だと思う」

「努力だけで世の中何とかなると思っていたら、大きな間違いだぞ」

「わかってる。でも、努力をすれば乗り越えられる壁だとも思ってる」

まあまあ、二人とも、と母がわたしたちの会話に割り込んできた。

「最初からそんなお互いにつんけんしてたんじゃ、話にならないわ。そうでしょう？　お茶でも飲んで、ゆっくり話し合ったらどう？」

母がお茶を勧めてきた。わたしは湯呑茶碗を手に取った。

「晶子、お父さんはお前より長く生きている。つまりそれは、経験してることが多いということだ。それはわかるだろう？」

父が言った。わかるわよ、とわたしは返事をした。

「その経験上言えることだが、年齢というのは重要な問題だ。特に、お前たちのように女性が年上の場合はな」

「お父さん古いよ」わたしは言った。「今じゃ女の方が年上のカップルなんていくらでもいるんだからね」

「程度の問題だ。そりゃ確かに、女性の方が年上のカップルというものが、昔より増えているのは本当だろう。だが、その年齢差というのはいいところひとけたまでだ。違うか？」

わたしは口をつぐんだ。実際問題として、女性が年上のカップルというのは増えているはずだ。

ただ、十四歳も年が離れているわたしたちのようなカップルは、当然のことながら決して多くはないのも事実だった。

「今はいいかもしれない」父が言った。「だが、人生はまだまだ長い。特に、児島くんというその人にとって、これからいろんなことがあるだろう。まだ二十代なんだろう? 十四歳下ということは、二十四か二十五かそれぐらいだろう?」

「そうよ」

「あと十年経ってみろ。お前が五十になった時、児島くんというのは三十五とかそれぐらいだ。男盛り、働き盛りということになる。それでも、お前はこの先うまくやっていけると本気で思ってるのか」

「その話、前にもしたと思うよ。そんな先のこと、わかるわけないでしょう」

「それでは困る。晶子、お前には幸せになってもらいたい。父さんも母さんもそれを望んでいる。それしか望んでいないと言ってもいい。その流れで言えば、そんな先が見えない関係を続けていっても幸せになれるとは思えない。この前、中村さんという人との見合いの話を勧めたが、あれぐらいに釣り合いの取れた年齢の人の方がいいに決まっている」

不毛な論議だ、とわたしは思った。どんなに繰り返したところで、答えの出ない論議。意味がない、とわたしは首を振った。

「何度言われても一緒だって。あたしと児島くんは、いろいろあったけど、とにかく今つきあってる。お見合いなんかする気もない。お父さんにとっては先の見えない話かもしれないけど、あたしたちはちゃんと先が見えてる、そういうことなの」

父が黙ったまま、手の中にあった湯呑茶碗のお茶をすすった。また沈黙が訪れた。

5

その後も、実りのない話し合いが続いた。話し合いといっても、それは決して建設的なものではなかった。お互いに自分の思っていることを主張していくだけの話に過ぎなかった。何度繰り返しても答えは同じだっただろう。

お互いに、お互いのことを理解することはできない。そういうことだった。

夕方過ぎまでわたしは実家にいたのだけれど、話し合いは不毛のままだった。父がわたしのことを理解できないように、わたしも父の言っていることがわからなかった。

いや、もちろんわかるところもある。常識的に考えてとか、そういうことだ。だけど、世の中には常識だけでは計れないことがいくらもあるだろう。その意味で、わたしには父の言い分が納得できなかった。

夜ご飯を食べていきなさい、と母が何度も言ったのだけれど、いらないと言ってわたしは帰ることにした。ご飯を食べる気分ではなかった。

小平の駅まで歩きながら、わたしは児島くんに電話をした。いつでもそうだったけれど、児島くんは一回目のコールが鳴り終わる前に電話に出てくれた。

「どうだった？　お父さんとお母さん」

児島くんの第一声はそれだった。どうもこうもない、とわたしは答えた。

「前と同じよ。十四歳下なんてあり得ないって、そればっかり」

「残念」児島くんが言った。「でも、それぱっかりはどうしようもないよね」

「ねえ？　どうしようもないよね。たまたまあなたがあたしより十四歳下だっていうだけで、そんなの偶然というしかないじゃないの。でしょ？」

「そうですねえ」児島くんがちょっと低い声になった。「仕方ないよね」

「ああ、もうホントにいらいらする」わたしは髪をかきむしった。「何であんなにものわかりが悪いんだろ」

「まあ、そう言わないで。親なんだから」

「だって、言うことが前と同じなんだよ？　進歩がないと思わない？」

「まあ、言うことがころころ変わるのもどうかと思うけどね」

「ちょっと児島くん、あなたどっちの味方なの？　あたし？　それとも両親？」

「いや、それは」のんきそうな声がした。「もちろん晶子さんの味方ですよ。そんなの言うまでもないでしょ」

「じゃあ何で両親の言ってることもわかるみたいなこと言うのよ」

「それは言葉のあやっていうか」児島くんが小さく咳をした。「そんな深い意味があって言ったわけじゃないよ」

「他人事みたいな言い方して。あなたも当事者なのよ。言葉には気をつけて」

「はいはい、わかってます。それで、どうします？　今日は会えますか？」

わたしたちは今日の夜会うことにしていた。実家に帰ったとしても、夜になれば時間が空くと考えていたからだ。

だけど、父と言い争ったこともあって、今から児島くんと会うのはちょっと厳しいと思った。

わたしがそれを言うと、はいはい、と児島くんが返事をした。

「たぶん、そんなことになるんじゃないかって思ってました」

「ゴメンね。だって、疲れちゃったんだもん」

「まあ、気持ちはわかりますよ」

「明日にしない？　明日の午後からだったら、会えるから」

「わかりました。じゃあ、明日連絡します」

「うん。ゴメンね。マジで」

それにしても、と児島くんが言った。

「晶子さんは仕事でもプライベートでもトラブル続出ですね」

「そうだね」

「ほらモナの件でも面倒なことに巻き込まれたって言ってたじゃないですか。宣伝と販売の間にはさまってどうしようもなかったって」

「そうね……何だかなあ。行いが悪いのかしら」

「お参りとか行きます？」

「まさか。そんなんじゃないけど」

「いや、もちろん冗談ですけど。でもトラブルばっかで大変だなあって思って」

確かに、とわたしはうなずいた。

「世の中、面倒なことばっかりね」

「だけど、モナの件は片がついたわけでしょ？　努力してれば、何とかなるっていうことですよ」

「児島くんって、時々年寄り臭いこと言うよね」

「ああ、よく言われます。何ででしょうね」

「知らない。老けてるんじゃないの？　ああ、駅に着いた」

「ひでえな……まあいいや、とにかく明日連絡します」

「うん。待ってる」

わたしは電話を切ってバッグにそのまま入れた。早く帰ってゆっくりしたい。

それにしても、本当に児島くんの言った通り、わたしの身の回りはトラブル続きだった。面倒なことばかりだ、と思いながらわたしは財布を取り出した。

6

二週間後の日曜日、わたしは新宿のウィンホテルの正面エントランスで、両親を待っていた。わたしが両親を誘ったのだ。

たまたま、母の誕生日が近かったために、わたしはそれを口実にして両親を誘い出すことに成功していた。二十分ほど遅れて、両親がウィンホテルへとやって来た。

「ゴメンね、晶子」母が言った。「ちょっと遅れちゃった」

父は無言だった。いいのよ、とわたしは言った。

「地下の中華レストラン、予約してるから」

「そんな、大げさな」

母が手を振った。いいじゃないの、とわたしは先に立って歩き出した。

「たまにのことなんだし」

悪いわね、と言いながらも母は少しはしゃいでいた。夜、外食をするのが久し振りなせいのようだった。

「個室取ってあるの」

わたしは地下へと続くエスカレーターに乗りながら言った。個室？　と母が目を丸くした。

「そんな、いいの？　高いんじゃないの？」

「いいから。気にしないで」

わたしは両親を追いたてるようにして中華レストランへと入った。係りの人が案内してくれて、そのままわたしたちは個室に入った。父と母の足が止まった。

「晶子……これは？」

母が言った。個室には先客がいた。児島くんとその両親だ。

「初めまして」児島くんのお父さんが立ち上がって頭を下げた。「児島と申します。達郎の父です」

児島くんのお母さんも立ち上がっていた。何なの、とわたしの母がつぶやいた。

「あたしの誕生日祝いじゃなかったの？」

「そうよ」わたしは答えた。「だけど、特別にゲストを招いたってこと。いいでしょ？」

お座り下さい、と児島くんが言った。騙されたな、と父が低い声で言った。

「何かあるとは感じていたが、こんなこととは思っていなかった」

まあ座ってよ、とわたしは二人の手を引っ張って、席に座らせた。何なの、と母がつぶやき続けた。

何なのも何もない。わたしの今日の目的は、うちの両親を児島家の両親と会わせることだった。直接会って話す以外、問題の解決策はない、と考えたからだ。

わたしにこの解決策を思いつかせたのは会社だった。例のモナの件だ。

あの時、宣伝部と販売部の人間が直接会って話をすることでトラブルを回避できたように、川村家の人間と児島家の人間が会って話をすれば、何らかの答えは出る、そう思ったのだ。

あの時、宣伝部と販売部の間には、高い壁があった。それでも何とかその壁を乗り越えることができたのは、直接会って対話したためだとわたしは信じていた。その方法論を応用したのだ。

わたしはまずこの話を児島くんに伝え、そして児島くんの親には児島くんから話してもらった。とりあえず児島くんのお父さんはわたしたちのことについて比較的理解があったから、話は早かった。

とにかく会うしかない、というのは児島くんのお父さんの意見でもあった。そして了解をもらったわたしは、善は急げではないけれど、母親の誕生日が近いこともあって、二週間でセッティングを終えた。

後のことはわからない。もしかしたら、もっともめてしまうかもしれない。

だけど、今でもわたしの父はわたしと児島くんのことについて大反対しているのだから、今より事態が悪くなることはない。そう思ったのだ。

とりあえず何でもトライしてみること。チャレンジしてみること。会社が教えてくれたのは、そういうことだった。

「お父さん、何飲む？」

わたしはメニューを片手に聞いた。父は何と言うのだろう。何と答えるのだろう。

「……ビールでももらおうか」

父がゆっくりと口を動かした。それは許しだと思いたかった。少なくとも、今のこの状態を否定するものではない。そういうことだ、とわたしは思った。

「お母さんもビールでいい？」

わたしは聞いた。母が小さく首を縦に振った。改めて紹介します、とわたしは言った。

「わたしの父と母です。よろしくお願いします」

こちらこそ、と児島くんの両親がそれぞれに言った。わたしの父と母も頭を下げている。

とにかく、ここまでは何とかなった。後は話し合ってもらうだけだ。わたしとしては親たちを信じるしかなかった。

児島くんが個室に備え付けられているボタンを押した。すぐに黒服の店員が入ってきた。

「すいません。ビールを六人分お願いします」

児島くんがオーダーした。わかりましたとうなずいて黒服の店員が去っていった。

「……晶子」父が口を開いた。「うまくいったと思ってるのか？」

「ううん」思ってない、とわたしは返事した。「これからだと思ってる」

そうか、と父がうなずいた。これからだと思ってるのはわたしの本音だった。

これからだ。何もかもこれからなのだ。

話し合いの内容によっては、状況がますます悪くなることもあり得るだろう。だけど、話し合ってみなければ、何も始まらない。

でも、わたしは信じていた。決して悪い方向にはいかないだろうと。なぜなら、ここにいるのはわたしたちの親だからだ。わたしたちの幸せを願っている親だからだ。

ビールが運ばれてきた。わたしたちはビールを注ぎ合い、そのまま乾杯を交わした。

何もかもすべてがうまくいきますように、とわたしは考えながらビールを口にした。すべてはこれからなのだ、そう思いながら。

[初出誌]
「月刊J-novel」2008年12月号〜2009年7月号、2010年1月号〜2010年4月号に連載。

[著者略歴]
五十嵐貴久（いがらし　たかひさ）
1961年東京生まれ。成蹊大学卒業後出版社勤務。2001年『リカ』で第２回ホラーサスペンス大賞を受賞してデビュー。警察サスペンス『交渉人』シリーズほか、コンゲーム小説、時代小説、青春小説、家族小説など手がける分野は多岐にわたり、映像化作品も多数あるなど広範な読者の支持を得ている。近著に『ダッシュ』『リミット』『交渉人・籠城』『ＹＯＵ！』『誰でもよかった』など。
＜e-mail＞officeigarashi@msb.biglobe.ne.jp

ウエディング・ベル

初版第１刷／2011年５月25日

著　者／五十嵐貴久
発行者／村山秀夫
発行所／株式会社実業之日本社
〒104-8233　東京都中央区銀座1-3-9
電話［編集］03（3562）2051　［販売］03（3535）4441
振替00110-6-326
http://www.j-n.co.jp/
小社のプライバシーポリシーは上記ホームページをご覧ください。

印刷所／大日本印刷
製本所／ブックアート

ISBN978-4-408-53587-6（文芸）